28338

ŒUVRES

DE MONSIEUR

REMOND DE St. MARD

Dialogues des Dieux

TOME PREMIER

A AMSTERDAM

Chez PIERRE MORTIER

M.DCC.L.

Tom . 1 .

EXPLICATION

Du Frontispice, du Fleuron, &
des Vignettes.

PREMIER VOLUME.

Frontispice.

LE haut du Frontispice
représente la Discorde,
qui, au moyen de cette fa-
tale pomme qu'elle jetta aux
nôces de Thétis, mit en feu
le Ciel & la Terre ; le Génie de la Satyre dit à Lucien
que cette misérable guerre
fut l'ouvrage des passions,
qu'elles ont été & seront

* toûjours

toûjours les fources de nos malheurs , & qu'il devroit bien employer à leur faire perdre les beaux noms qu'on leur a donnés ce fel aimable , ce badinage charmant qui eft fon partage. L'Auteur des Dialogues qui les écoûte , en attendant que Lucien rempliffe le deffein que vient de lui donner Momus, s'en trace ici une efpece de plan pour fe réjoüir, & abandonne à Lucien le foin de le remplir d'une maniere digne de lui.

FLEURON.

Minerve eft entourée des Graces : l'une lui ôte fon cafque

casque, une autre tient une couronne de roses, & l'arrange pour la lui mettre sur la tête, la troisieme l'admire & fait comme ses Sœurs tout ce qui est en elle pour la parer.

VIGNETTE

Du premier Dialogue.

Un coin de l'Olympe se découvre. Les Dieux s'y partagent, deux d'entre eux lient une conversation: L'Auteur s'approche & tâche de les écouter.

VIGNETTE

iv EXPLICATION, &c.

VIGNETTE.

Des nouveaux Dialogues.

Jupiter & Apollon cau-
fent enſemble dans un bo-
cage de l'Olympe.

AVIS

AVIS
DU LIBRAIRE.

LES différens Ouvrages qu'on a toûjours donnés à M. Rémond de Saint-Mard, avoient été long-tems à ne paroître que dans des Volumes féparés. Des Libraires en 1742. les raffem-blerent, les mirent en trois Volumes : mais l'Édition fai-te apparemment fans foin & avec promptitude eft telle-ment chargée de fautes, mê-

me

me de celles qu'un Lecteur intelligent a peine à suppléer, que nous comptons faire un présent au Public en lui en donnant une correcte. Le hasard nous a mis en état d'y parvenir : une copie des Ouvrages de l'Auteur nous est tombée depuis peu dans les mains ; & c'est sur cette copie, qui nous a paru extremement exacte, que nous nous flatons que le Public sera content de l'Édition que nous lui donnons. Avec Plusieurs Morceaux qui ont été augmentés ou retouchés,

avec

DU LIBRAIRE. vij

avec une grande quantité de notes, qui, quoique très-propres, à ce qu'on a dit, à embellir le Texte, ont paru à l'Auteur avoir meilleure grace à être mifes à part; on y trouvera quantité de chofes qu'on n'a pas vûes ; quelques Pieces de Vers, par exemple, dix Dialogues Nouveaux, plufieurs Lettres Galantes & Philofophiques, un Morceau de Littérature en forme de Lettre, addreffé à M. Crevier. Il ne nous refte plus qu'à demander grace à l'Auteur, quel qu'il puiffe être,

être, de la petite tricherie qui lui a été faite, & il doit nous la pardonner, car après tout il ne sera qu'embelli dans notre Édition.

DISCOURS

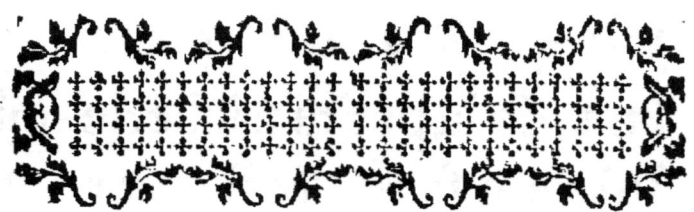

DISCOURS
SUR LA NATURE
DU DIALOGUE.

L E Dialogue est le genre d'écrire le plus ancien : *. Il est à croire que les premiers que la vanité, ou l'oisiveté engagerent à travailler, choisirent cette

---

* On trouvera à la fin de mon Eclaircissement un fait qui pourroit autoriser ma conjecture. Je dis qu'un hommé Bernard Palissi, paysan de profession,

A ij

cette maniere d'écrire. Les hom=
mes ayant trouvé le moyen de ren=
dre

ſi peu lettré, que de ſon aveu, il ne ſavoit pas lire, avoit compoſé des Dialogues ſur l'Agriculture. Le fameux Jean
le Clerc, en faiſant imprimer mon Ouvrage ſous ſes yeux en Hollande, me fit
en même-tems l'honneur de me redreſ-
ſer par une Notte qu'on verra à la fin de
mon Eclairciſſement. Il y a donc à pa-
rier ſur la notte de M. le Clerc que j'ai
tort ſur ce que j'avance de l'ignorance
de Paliſſi. Quand à ce qui regarde ma
conjecture ſur l'ancienneté du Dialogue, je n'en rabattrai rien; à conſulter
l'allure de l'eſprit humain, il me paroît clair que la maniere d'écrire en Dialogue, comme la plus naturelle, eſt la
plus ancienne. L'eſprit humain tout vain
qu'il eſt, quand il fait pour la première
fois

dre leurs idées par l'ufage des
mots, lierent des converfations;
& je ne doute prefque point qu'a-
vec le penchant qu'ils ont à l'imitation, ils n'aient donné à leurs
écrits

---

fois une chofe, ne choifit pas la maniere
la plus difficile de la faire. On fait d'ailleurs combien nous fommes nés imita-
teurs, & le Dialogue n'étant autre chofe que l'imitation de nos converfations,
ou pour mieux dire n'étant que nos
converfations écrites; il eft vraiffembla-
ble que l'efprit humain a commencé par
là quand il a voulu fe faire une maniere
d'écrire : je ne dis pas qu'il s'y foit tenu
longtems; il eft pour cela trop actif &
trop vain, & puis ne fait-on pas avec
quelle facilité il fe dégoûte des choix
qu'il a fait & même des plus beaux.

A 2

écrits la forme de conversation, ou
de Dialogue, qui devoit naturellement se présenter à eux : mais ac-
coûtumés à cette maniere, ils s'en
dégoûterent.

Le merveilleux vint frapper les
esprits, les hommes ne voulurent
plus que de grands mots, qui son-
nassent harmonieusement à leurs
oreilles, & pour leur plaire, il
fallut peindre à leur imagination
quelque chose de vif ; alors les
graces naïves disparurent, & la
belle simplicité devint insipide.
Mais quand le vrai s'égare, il ne
faut pas croire que ce soit pour
toûjours, il y a quelqu'un qui
tôt ou tard en reprend la trace,
& c'est Platon, au rapport de
Dio-

Diogene Laërce, * qui retrouva cette belle simplicité, & rétablit la maniere d'écrire du Dialogue. Ce qu'il y a de sûr, c'est qu'on est convenu de tout tems d'en regarder Platon comme le Pere ; & en effet l'agrément qu'il jetta dans ces sortes d'entretiens devoit lui mériter l'honneur de l'invention. Platon étoit

---

* Aristote a dit que le Dialogue avoit été inventé par Zenon d'Elée, ou Alexamene de Teos ; comme ce n'est peut-être ni l'un, ni l'autre, j'ai suivi Diogene Laërce, qui le donne à Platon. Si ce n'est pas lui qui l'a inventé, il est le premier qu'on connoisse qui en ait attrappé les graces & les finesses, & cela suffisoit pour qu'on lui donnât l'honneur de l'invention.

étoit né avec ce génie heureux qui donne les hautes réputations : une grande élégance, & beaucoup de douceur dans le style, lui ont attiré l'admiration de tous les siecles : ses Ouvrages donnent à l'esprit de grandes vûes, & ce qu'on y voit de hardi, & de pompeux, fait qu'on lui pardonne quelquefois ce qui lui manque de justesse. Riche dans ses Descriptions, il choisit toûjours pour peindre, des objets agréables, & les peint avec force. Les raisonnemens les plus abstraits acquierent quelque chose de gracieux en passant par son imagination qui est extrememement fleurie, & la qualité de Philosophe dont il se pique, ne le fait jamais renoncer

cer au langage de Poëte. Quoiqu'il
en soit, c'est à sa Métaphisique qu'il
doit une partie de sa gloire : c'est
elle qui lui a donné pour Partisans
presque tous les Peres de l'Eglise,
& cela devoit être. L'objet de la Métaphisique est grand & accommode
merveilleusement l'audace de l'esprit humain, mais il décele aussi
son ignorance. Les principes des
choses que cette Science considere
nous sont entierement inconnus ;
& il n'y a pas d'apparence que la
nature qui a eu ses raisons pour
nous les cacher, touchée de notre
curiosité, nous les découvre jamais. On n'est pas encore tout-à-
fait revenu de cette espece de ma-
nie qui va à découvrir la nature

des

des premiers êtres , mais il n'y a
pas grand malheur : la recherche
des vérités qu'on ne trouvera pas
a cela de commun avec celle des
plaisirs , elle amuse : Revenons à
Platon , sa Métaphisique marque
de l'élévation dans l'esprit , & ce
qu'il y a de chimérique , lui fait
honneur.

Je suis plus content de sa Morale : si elle ne montre pas l'homme comme il est , elle montre comme il doit être ; on y entend toûjours parler de vertus , même de
celles qui ont le plus de rapport au
Christianisme ; aussi M. Dacier le
fait-il presque Catholique , quoique Saint Cyrille d'Alexandrie
l'accuse d'hérésie sur ce qu'il mul-
tiplie

tiplie les natures auſſi-bien que les perſonnes, & qu'il met trois Dieux dans la Trinité comme les Ariens. Quelque choſe qu'on puiſſe dire de Platon, il eſt certain que de tous les Payens aucun n'a eu la morale & plus pure, & plus conforme aux intérêts de la ſociété ; & s'il eſt vrai que le langage des Auteurs nous ſoit en quelque ſorte caution de leurs mœurs ; on peut aſſûrer que Platon étoit encore plus honnête homme, que bon eſprit. Il lui arrive ſouvent de ne point ſe ſouvenir dans un Dialogue de ce qu'il a dit dans un autre ; il s'égare en longs raiſonnemens, ſes raiſonnemens ſont lâches, ſecs, ſouvent alambiqués, ſa marche qui

eſt

est toûjours par demandes & par
réponses, est ennuyeuse à mourir;
avec cela, Platon est un des plus
diffus Écrivains qu'ait produit l'antiquité; une petite idée, souvent
commune, lui fournit un Dialogue très-long, & ce qu'on y ap-
prend se fait toûjours bien payer.

Au reste, Platon étoit galant,
& ne se défendoit point de l'être.
Toutes les fois qu'il parle de l'A-
mour, son style en fait l'éloge,
& son imagination échauffée par
son cœur en devient une fois plus
brillante. Quand il parle de la beauté, vous le croyez plein des transports, qu'elle cause : ce ne sont
que grands mots, qui, par ce qu'ils
ont de confus, peignent parfaitement

ment le défordre de l'Amour : mais
rien à mon gré, ne marque mieux
fon naturel galant, que l'endroit
de fon Phedre, où après avoir établi la Métempficofe, il envoie les
ames dans les corps des hommes :
là il affigne neuf différens états hu-
mains, qui font deftinés aux hommes, fuivant leurs vertus & leurs
vices, & ce qu'on n'auroit peut-
être pas attendu d'un Philofophe,
les Amans parfaits ont l'honneur
d'être placés au premier rang.

Par le bien que je viens de dire
de Platon, par la haute réputation
qu'il s'étoit acquife, par l'afcen-
dant prodigieux que lui donnoit,
fur la multitude, l'éclat de fon imagination, on peut juger qu'il mit
le

le Dialogue fort à la mode , & en
effet presque tous les Philosophes
de son tems écrivirent en Dialogue. Les Latins qui succéderent
aux Grecs , & qui se faisoient tant
d'honneur de les imiter , ne man-
querent pas de leur prendre une
maniere d'écrire qui leur parût si
commode. Cicéron lui - même ,
quoiqu'Orateur , & par conséquent accoûtumé aux discours sui-
vis , crût que la Philosophie ne
pouvoit être mieux rendue qu'en
Dialogue. Qu'on me permette ici
un écart : je demande pourquoi on
ne regarde Cicéron que comme
grand Orateur , & qu'on oublie
qu'il étoit Philosophe ? Ne seroit-
ce point parce que l'antiquité ne l'a
vanté

vanté que de ce côté-là, & qu'on n'oſeroit rien loüer que d'après elle ? J'avoue que les plaidoyers de Cicéron ſont d'une grande beauté, & certainement, hors * Démoſthene,

---

* On a coûtume de comparer Dé-moſthene & Cicéron comme Orateurs, mais oſera-t-on les comparer comme beaux eſprits ? Démoſthene auroit-il fait l'Oraiſon *pro Marcello* ? Auroit-il loüé en face une heure de ſuite un hom-me tel que Céſar ? Mais Cicéron, ré-pliquera-t-on, n'auroit pas fait *les Phi-lippiques.* Cela ſe peut, mais il a fait *les Catilinaires*, *les Verrines*, il a fait ſon traité *de Claris Oratoribus*, celui de l'Orateur. Et quelque bien qu'on veuille juger de Démoſthene, on ne voit point qu'il eût pû ſe plier ainſi à tous les gen-res. Tranchons le mot : Démoſthene étoit,

ne, les siecles passés n'ont point
d'Orateur à lui comparer. Mais
pourquoi ne donner qu'à son éloquence des éloges que mérite avec
autant de justice sa maniere de raisonner? On est dans un préjugé fatal
aux grands Génies : on ne sauroit
concevoir qu'un homme puisse
avoir plusieurs talens dans l'esprit;
il semble que la Nature ait mis de
la compensation dans ses faveurs,
& que les moyens qu'elle a donné
pour réussir dans de certaines matieres, soient des obstacles pour
réussir dans d'autres. Cependant
l'esprit

___

étoit, si l'on veut, meilleur Orateur
dans le genre véhément, mais Cicéron
étoit assûrément un plus bel esprit,

l'esprit qui s'exerce sur un genre particulier, a besoin pour y exceller, de toutes les qualités nécessaires pour plaire dans tous les genres. Un Poëte doit avoir de la justesse pour ne point s'égarer ; il faut à un Orateur de la délicatesse pour sentir les mouvemens qu'il doit exciter ; il lui faut une sorte de précision pour ne point trop étendre ses raisonnemens : la Philosophie ne sauroit se passer à son tour d'une certaine élégance qui ne lui est pas naturelle.

Cicéron est mon garand : il étoit parfait Orateur, & fort bon Philosophe ; son second Livre de la Divination, est un des Livres le mieux fait que nous tenions de l'antiquité:

l'antiquité : Cicéron y combat un préjugé fondé sur la superstition & soûtenu par des Philosophes en crédit, & il le combat avec une précision extrème. Ses Dialogues de l'Orateur * ont encore de grandes

---

* Il y a néantmoins un petit reproche à faire à Cicéron au sujet de ses Dialogues. Ce sont les plus grands des Romains qui y parlent ; mais c'est toûjours Cicéron qu'on entend , ce qui est fort mal. Quand quatre personnes sont censées s'entretenir, il est ridicule que nous n'en entendions parler qu'une : nous avions droit de compter sur quatre réellement distinctes , car chacun ayant son caractere à lui , doit avoir aussi un langage qui lui soit propre. Au lieu du reproche que je fais aujourd'hui à Cicéron,

des beautés, on ne trouve plus-là
ce Cicéron que Montagne accuse
d'être *Verbeux* : c'est Cicéron ser-
ré, précis, exact, & qui a le courage de n'être que Philosophe,
parce qu'il n'est question là que de
l'être.

Une chose encore qui fait bien
de l'honneur à Cicéron, c'est la
maniere dont il se joue des matieres

ron, je lui avois fait un compliment
dans ma premiere édition sur l'art qu'il
avoit eû de faire parler chacun de ses
personnages selon son caractere. C'étoit
assûrément un compliment très peu
mérité, & il y avoit sur cela une bonne
critique à me faire; mais comme on
n'en fait ordinairement que de mauvaises, celle-là ne m'a point été faite.

B

res qui semblent devoir l'accabler.
Toûjours plein des vûes les plus
saines, il traite les matieres les plus
difficiles avec un air d'enjouement
qui l'en déclare maître. Né pour
plaire, & pour plaire en tout genre, il avoit une sorte d'imagination faite pour embellir la vérité,
& pour lui donner cette mesure de
graces qui en corrige la secheresse,
sans lui rien faire perdre de sa
force. Qu'on ne croie pas néantmoins que tant de qualités lui
donnent le droit de décider : il
propose toûjours la vérité en
tremblant, & avec la modestie
d'un homme qui examine. Je ne
sai pourquoi l'air décisif est aujourd'hui si fort à la mode. On ne
songe

fonge pas qu'il marque de l'ignorance auffi bien que de la vanité.
Quand on a confidéré un objet,
on fe donne l'audace d'en juger:
on l'a, dit-on, tourné en tous les
fens, on en a bien vû toutes les
faces. Qui le fait? Ne fe peut-il
pas qu'il en foit échapé quelqu'une
à l'efprit? Qui fait encore, fi cet
objet n'a pas des faces qui ne lui
ont point été données pour être
apperçues. Ce fut, & nous n'en
devons point douter, ce fut par
des craintes fi raifonnables que les
Philofophes de l'antiquité fe per-
mirent rarement de conclurre avec
hardieffe : quelques-uns contens
d'examiner la nature, fans afpirer
à la connoître, & plus fiers de

cette

cette espece d'ignorance, qu'ils ne
l'auroient été de la science orgueil-
leuse & chimérique des autres Philosophes, voulurent s'en distin-
guer, & se donnerent le nom d'*A-
cadémiciens*. Cicéron qui vouloit
prendre un parti, (car le moyen
de passer pour Philosophe, & de
n'en point prendre,) Cicéron ne
manqua pas d'embrasser une Secte
si conforme à l'inclination de son
esprit. Vous le voyez le plus qu'il
peut, s'honorer dans ses ouvrages,
du titre d'Académicien, &, ce
qui est plus difficile, en avoir toûjours la retenue. Aussi la modestie
qu'il avoit sur le Chapitre de la
vérité, & qui est si nécessaire pour
arrêter l'impatience de l'esprit humain ;

main , ne fauroit-elle lui valoir trop d'éloges : mais par malheur fa modeftie étoit bornée à fes connoiffances , & cette vertu l'abandonnoit toûjours lorfqu'il venoit à parler de lui. Il fait toûjours fouvenir fa Patrie des bons offices qu'il lui a rendus. Cicéron n'étoit pas fage de fe tant vanter : il fe récompenfoit lui-même de ce qu'il avoit fait pour fes Citoyens en s'en nommant le Pere. Une vanité bien entendue auroit exigé moins de reconnoiffance , & en auroit obtenu davantage.

On reproche encore à Cicéron fa lâcheté , & c'eft avec raifon. Il eft étonnant qu'un Philofophe, & qui plus eft , un Romain ait été capable

capable de tant de foibleſſe. Je
ne crois pas qu'on puiſſe lui
oppoſer une femmelette qui ait
eu auſſi peu de courage. Ses Epî-
tres à Atticus le déclarent le plus
grand poltron de l'univers : on y
voit régner une lâcheté éloquente
qui va s'imprimer dans le cœur de
celui qui les lit ; & jamais paſſion
n'a été peinte avec plus de force ,
que l'eſt la timidité dans les Lettres de Cicéron. On doit pourtant
lui pardonner ſa foibleſſe : elle faiſoit la délicateſſe de ſon imagination ; & c'eſt l'ordinaire des qualités de l'eſprit , de ſe faire payer ,
par ce qu'on appelle des défauts
dans le caractere.

Une autre ſuite de la délicateſſe
de

de son imagination , fut le penchant qu'il eût à la raillerie : né avec ce talent malin , il lui eût été difficile de s'en défendre l'usage. Il y a pour la vanité un double charme dans la raillerie : on s'y déclare avec modestie , exemt du défaut qu'on condamne , & l'on se donne encore la gloire de rendre avec finesse un ridicule dont on a su être frapé.

Je dois maintenant parler de Lucien ; c'est mon héros , car c'est lui que j'imite, & après lui je fais parler les Dieux. Je n'ai pas crû néantmoins devoir le suivre dans sa maniere de les faire raisonner : tout ce qu'il leur fait dire , ne sert qu'à décrier les fables du Paganisme , &

ces

ces chofes, qui de fon tems, pouvoient avoir de l'agrément, n'en
ayant plus, j'ai jugé que je devois
les faire s'entretenir fur d'autres
fujets.

Lucien vivoit fous le regne de
Trajan, & au de-là de celui de
Marc-Aurele. On fait que fa premiere deftination fût d'être Scul-
pteur : mais les qualités qui font un
bel efprit, toutes ingrates qu'elles
font, menent quelquefois à la fortune, & Lucien, qui étoit extremement aimable, ne pouvoit guere
manquer de fortir de la baflefle où
l'avoit mis le malheur de fa naif-
fance. Plein des reflources que lui
faifoit à tous momens fentir une
belle imagination, tourmenté par
fes

les talens, avide de les faire briller ; il exerça d'abord la profession d'Avocat, mais il se dégoûta bientôt d'un métier où les mots & les figures sont estimés plus que les choses, & où les poumons donnent de l'avantage. Il eût enfin recours à la Philosophie, il étoit fait pour elle. Ces opinions passageres, qui portent le nom pompeux de systèmes, & qu'un Philosophe oisif donne à la crédulité humaine, ne passent point chez lui pour des vérités : ennemi déclaré de tout ce qui sent le préjugé, il a la force de soûtenir ce vuide que la raison laisse dans un esprit qui ne veut se remplir que d'évidence. Avec un pareil caractere on n'est pas timide.

C Lucien

Lucien ne pût digérer l'imposture des faux Dieux, & s'en moqua; son audace alla plus loin, outré de l'impudence des Philosophes, il ne cessa d'insulter ces Sectes malheureuses, que l'Ignorance & la curiosité de l'esprit humain ont tant multiplié.

Les Philosophes avoient-là un Adversaire bien dangereux. Quand Lucien a attrapé un ridicule, on est sûr de se le voir présenter sous plus d'une forme, & cette forme est toûjours agréable. Tout ce qui est revêtu d'un grand nom, a je ne sai quoi qui pique son goût pour la raillerie; & ses traits de Satire sont des marques d'honneur. Lucien n'avoit garde de manquer

dans

dans les grands Hommes ce qui étoit en eux susceptible de critique: c'est une voie sûre pour plaire, que de décrier nos héros. Etrange caprice des hommes ? Ils sont charmés qu'on abbaisse ceux qu'ils ont élevés eux-mêmes, & ils voient toûjours avec plaisir détruire un Ouvrage que leur vanité leur avoit laissé faire avec regret. Ce n'est pas tout: Lucien avoit une science que la Nature donne, & que le commerce trop fréquent des Livres peut ôter: il badinoit agréablement. Nous voyons tous les jours ses Ouvrages entre les mains de toutes les femmes d'esprit qui ne se lassent point de les lire; & ce n'est pas-là ce qui fait

C 2   le

le moins bien son éloge. Les femmes sont, aussi bien que nous, juges naturels des bons Ouvrages, & il y en a telles qui ont reçu de la Nature un esprit qui n'attend rien de l'art pour être parfait : aussi les savans ont-ils bien de la peine à leur pardonner un si bel avantage ; & comment le leur pardonneroient-ils, eux qui toûjours secs, & toûjours sauvages, veulent que la vérité leur ressemble ? On diroit que les sciences perdroient de leur dignité en devenant faciles, & que l'air mystérieux, dont elles sont couvertes, soit nécessaire à leur beauté : peut-être aussi est-ce à cet air là que les savans doivent une partie de l'admiration qu'on

a pour eux. Quant à Lucien, quoique Philoſophe, il ne donnoit la
Philoſophie que pour ce qu'elle
étoit ; ſimple & délicat dans ſa
maniere de penſer, il ne rendoit ſes
idées qu'avec netteté, & ce qui
eſt bien délicieux encore, avec ce
beau naturel qu'on eſt bienheureux
d'attraper quelquefois, & que Lucien par une eſpece de *miracle*, ne
manquoit jamais.

Au milieu de tant de belles qualités, je ne ſaurois diſſimuler qu'on
reproche à Lucien des goûts illi-
cites, & des mœurs trop volup-
tueuſes. Mais qu'a-t-on à lui dire ?
Elles étoient telles que les forment
les paſſions, lorſqu'elles ne ſont
point inquiétées par une raiſon

C 3　　　　ſévere ;

févere; ne craignant point d'avenir, Lucien ne fe croyoit pas
obligé de lui facrifier le préfent.
Aveuglé fur le fujet d'une fouve-
raine intelligence qu'il ne connoiffoit pas, & dont il connoiffoit encore moins les volontés, il ne fe
refufoit point à des goûts qu'il ne
favoit pas avoir reçus pour les
combattre ? Au fond l'efprit humain a befoin, pour ne point s'é-
garer, d'un guide plus fûr que lui-
même, & la raifon qui fuffifoit à
Lucien pour lui montrer l'impof-
ture des fauffes religions, ne pouvoit fans le fecours d'une foi lumineufe l'élever à la connoiffance
d'une Religion Divine.

Outre le caractere d'incrédu-
lité,

lité, qu'on trouve condamnable, même dans un Payen, on blâme encore Lucien sur la maniere grosfiere dont il parle de l'amour, étoit-ce encore sa faute? Le style débauché étoit alors à la mode ; & ce n'est que depuis quelque tems qu'on est devenu chaste dans la maniere de s'exprimer. Je ne sai si nos mœurs ont profité de ce changement. Je ne le crois pas. On a rendu nos passions plus aimables en leur ôtant des dehors qui pouvoient quelquefois en rebuter ; & réellement le moyen de se défier qu'on court au vice, qui prend toutes les apparences de la vertu. Nos Romans sont pleins de sentimens qui donnent de l'admira-

C 4   tion :

tion : il n'y a presque pas de vertū qui n'y soit pratiquée ; ce qu'il y a de grossier en amour va se convertir en délicatesse, & ne diroit-on pas que nos héros de Romans sont des substances pensantes à qui l'on n'a ajouté un corps que par maniere d'acquit, & pour ne servir de rien à leurs plaisirs. *

J'ai

---

* On n'accusera pas nos Romans d'aujourd'hui de cet excès de spiritualité. La part que les sens prennent dans l'amour, y est étalée presque toûjours sans ménagement, on n'y voit qu'horreur, qu'infamie, que débauche, & ce qu'aura peut-être peine à croire la postérité, ces beaux Livres font les délices de la plûpart de nos Dames Françoises, tant elles sont vertueuses & délicates ; il est à remarquer

J'ai parlé de Platon, de Cicéron, & de Lucien, comme des trois Auteurs les plus illuſtres qui aient donné à leurs ouvrages la forme de Dialogue. On ne ſauroit préſenter trop ſouvent aux hommes de bons modeles, & les modeles anciens ont cela de bon, qu'ils n'excitent que de l'émulation. Je vais maintenant dire quelque choſe ſur le Dialogue : je voudrois pourtant bien qu'avant que de parler de ce qui lui convient en particulier, il me fût permis de haſarder quelques conjectures ſur ce qui fait la beauté

---

marquer que ce changement prodigieux dans nos mœurs, eſt l'ouvrage de trente ou quarante ans; il faut qu'on marche bien rapidement au vice !

beauté des Ouvrages d'efprit en
général, ce ne fera point fortir de
mon fujet, & ce que je dirai en
général, conviendra en particulier au Dialogue.

Je crois que les Auteurs vou-
dront bien me paffer qu'ils n'ont
pour but que de plaire. Qu'ils n'ail-
lent pas nous dire qu'ils veulent
corriger ; la vanité qui les fait écrire, ne leur laiffera jamais prendre
un deffein fi charitable. Hé quoi !
ne favent-ils pas que les hommes
jaloux de leurs défauts, veulent
les conferver ; & qu'ils paieront
toûjours mal ceux qui fongeront à
les en défaire ?

Mais fur ce pié-là, dira-t on, les
Auteurs qui ne doivent pas fonger à
corriger

corriger ne doivent pas plus songer à instruire. La vérité ne porte avec elle qu'une triste lumiere : qu'importent aux hommes des connoissances souvent inutiles, & faits pour sentir, ils se soucient bien qu'on les éclaire ? Un pareil raisonnement va nous condamner à l'ignorance, mais, qui le croiroit ? Les passions nous en tirent : pénétrée de son impuissance, la vérité emprunte leurs secours, par elles devient aimable & réussit malgré sa tristesse à nous plaire.

Qu'on y prenne garde, les réflexions les plus seches ne vont pas seulement à l'esprit, elles ont encore avec nos passions des rapports délicats, & c'est ce rapport plus ou

moins

moins direct qui forme l'attention que nous avons pour la vérité, & le cas que nous faifons d'elle.

J'entreprends donc de montrer que pour plaire à l'efprit humain, il ne s'agit que de flater fa vanité, & d'accommoder fa pareffe. *

Les

---

* On voit bien que je ne parle ici que des moyens généraux de plaire à l'ef-prit dans les matieres où il eft queftion de l'éclairer, & de le piquer. A l'égard des Ouvrages de fentiment, des Ou-vrages faits pour le cœur, comme Tra-gédies, Romans, Opéras, &c. On voit affez qu'ils ne prennent leurs agrémens, ni dans la pareffe, ni dans la vanité.

J'avois oublié cette reftriction la pre-miere fois que mon Ouvrage parût, & je ne m'en repens point. Quand on de-vroit

Les hommes font vains & paref-
feux, il n'y a pas dans le monde
une vérité plus conftante. Il eft
conftant encore que nous fommes
malheureufement conftruits de façon que les douceurs d'une de ces
paffions nous obligent communément à renoncer à celles que nous
fourniroit l'autre. Comment remé-
dier à un fi grand malheur ? Le
voici : il ne s'agit que d'ajufter
enfemble ces deux paffions, de
nous donner un mouvement doux
qui ne bleffe pas notre pareffe, &
qui fatisfaffe en même tems notre
vanité

---

vroit effuyer de mauvaifes critiques, il
y a des reftrictions dont on doit charger
fes Lecteurs, c'eft les déshonorer que
de les faire.

vanité. Or c'est un pareil mouvement qu'il faut donner à l'esprit,
pour le rendre content autant qu'il
le peut être.

Mais voyons comment on peut
flater sa vanité, sans trop inquiéter sa paresse.

Les idées singulieres & qui af-
franchissent les hommes des préjugés, sont par elles mêmes sûres
de leur plaire. Elevés au-dessus
des opinions ordinaires, ils s'éle-
vent bientôt au-dessus de ceux
qui les ont. N'est-il pas juste qu'ils
se dédommagent de la peine qu'ils
ont à renoncer aux premieres idées
qui sont toûjours cheres?

On intéresse encore leur vanité
en leur présentant des idées sim-
ples

ples d'une maniere peu commune.
Un peu de myſtere les éveille, un
doux effort leur plaît, & telle eſt
la nature de l'eſprit, quoique pa-
reſſeux, il eſt quelquefois bien-aiſe
d'eſſayer ſes forces ſur une vérité
qui fuit, mais qui peut être attra-
pée.

Les penſées fines ne ſont autre
choſe que celles, qui, en conſé-
quence de leur difficulté à être
faiſies, ou démêlées, donnent de
l'exercice à l'eſprit. Les délicates
touchent plus qu'elles n'éclairent
& par-là appartiennent en propre
au ſentiment : mais quand après
en avoir été touché, on veut connoître la ſource du plaiſir qu'elles
ont donné, il faut alors remonter à

      *   un

un principe caché, & c'eſt à l'eſprit
à faire cette opération, & à le chercher, car on veut bien chercher,
pourvû qu'on ne cherche pas long-
tems, & qu'on ſoit ſûr de trouver.

Si l'on examine les agrémens du
langage, on trouvera qu'ils vien-
nent pour la plûpart de certaines
oppoſitions qui jettent l'eſprit dans
une eſpece d'embarras, qu'il a toûjours de l'honneur à démêler. Qui
ne ſait par exemple que c'eſt par
ces oppoſitions qu'on donne des
loüanges qui outragent, & des rail-
leries qui flatent ? En effet toutes
les fois qu'en préſentant une idée,
on ne paroît pas frappé de l'impreſſion qu'elle doit faire, on cau-
ſe une ſorte d'étonnement qui ſait
plaiſir.

plaifir. Ce qu'il y a de contraire dans ce qu'on dit, & dans ce qu'on fait fentir, pique, reveille, & produit un effet qui eft toûjours agréable.

Voilà donc la vanité des hommes flatée, mais ce n'eft pas affez pour eux : ennemis d'un trop grand mouvement, il faut le leur menager, & fatisfaire leur pareffe.

La netteté du difcours va toûjours à fon profit ; les idées ont entr'elles un certain or dre qu'on ne fauroit manquer d'o bferver, fans faire du dépit au Lecteur qui ne veut pas qu'on le fatigu e mal à propos.

Des vérités qui ont un enchaî-nement naturel, veul ent être mifes à leur place, & l'on fouffre impa-

D tiem-

tiemment qu'une idée soit placée avant celle qui doit la précéder.

Les expressions figurées servent encore au soulagement de l'imagination. Comme nous peinons à tenir ferme des idées qui n'ont point de prise, nous voulons qu'on nous les présente avec des termes qui par des images sensibles soutiennent notre attention, & nous déchargent d'une trop grande fatigue. Hé pourquoi les Auteurs prendroient-ils le soin de personnifier les mouvemens de notre ame, s'ils ne savoient que parce qu'ils leur donnent d'animé, ils corrigent la secheresse & facilitent l'intelligence des raisonnemens qu'ils font sur elle.

C'est

C'eſt dans la même vûe qu'ils mettent en action tout ce qu'ils pourroient dire en Hiſtoriens. Ils ſavent que l'eſprit aime mieux voir paſſer une choſe ſous ſes yeux, que d'en entendre ſimplement le récit, & ils ne négligent pas une maniere de le faire joüir du paſſé, comme s'il étoit préſent. La clarté qu'on exige dans les conſtructions, ne vient encore que d'une ſecrette inclination pour la pareſſe. On veut qu'une phraſe ne renferme qu'un ſens unique. Dès qu'elle en renferme deux, elle eſt reputée mauvaiſe. La vûe de l'eſprit, qui ſeroit partagée, en deviendroit plus foible & en peineroit davantage.

Qu'il me ſoit permis de le dire

ici , l'efprit de fyftème * qui paroît
avoir quelque chofe de fatiguant ,
ne

---

* Par efprit de fyftème , j'entends ici
une difpofition , une habitude de l'efprit
à s'élever aux principes des chofes , à ré-
monter aux idées générales & il eft clair
que cette habitude une fois acquife , l'intelligence des idées particulieres en devient plus facile, plus sûre, plus lumineufe,
& par-là accomode notre pareffe. Quant
à cet efprit de fyftème qui ne mettant jamais de bornes à fa curiofité , qui ne
réprimant jamais fon audace , prétend
avoir une idée entiere & complette des
chofes , & qui, fier de fa chimere affem-
ble des parties dont il ne lui eft pas donné de connoître la Nature , les lie , les
affortit, en fait un tout, dont il tâche de
remplir les vuides , dont il fe tourmen-
te pour cacher les défauts , & qui à ce
puérile

ne nous plaît tant, que parce qu'il accommode notre pareſſe. Quand on

---

puérile, & vain travail donne le nom pompeux de ſyſtème, je dis que, quoique la plus brillante, c'eſt cependant la moins reſpectable de toutes les qualités de l'eſprit. Un homme me diſoit un jour : tout faiſeur de ſyſtèmes eſt un fou, » ou un fripon : il eſt fou, quand en proie » à ſes idées, quand livré à la chaleur de » ſon imagination, il n'apperçoit point » le vice de ſon ſyſtème ; car tout ſyſtè-» me en a. Je le tiens fripon, ajouta-t-il, » lors qu'ayant aſſez d'eſprit pour voir » le vice de ſon ſyſtème, il tient le cas » ſecret & n'en dit mot. Le diſcours de mon homme : l'air pénétré avec lequel il établit ſa propoſition, la maniere dont il la prouva, m'étonna, & je ne ſûs pas trop que lui répondre. Quoi.

on nous a une fois élevé à la vérité la plus haute, nous voyons commodément toutes les autres : rangées par ordre, elles se présentent à nous distinctement, nous n'avons que le soin de les choisir.

Voilà ;

Quoi qu'il en soit, & quelque mal qu'il y ait à dire de l'esprit de système, il faut convenir qu'il suppose dans quiconque le possede, de l'étendue, & de la force dans l'esprit, mais l'esprit peut être étendu sans être juste ; l'imagination forte & vaste sans être réglée, & c'est ainsi que l'ont ordinairement les Faiseurs de systèmes, j'entends ceux qui y donnent de bonne foi, car tous n'y donnent pas, & il y en a tels qui ont bien ri des dupes qu'ils avoient faises.

Voilà, ce me semble, les moyens
généraux pour plaire à l'esprit humain. Des plaisirs qu'il goûteroit,
& dont il ignoreroit la cause, ne
lui feroient pas honneur, & j'ai crû
qu'on seroit bien aise de connoître
l'origine des agrémens qu'on trouve semés dans les bons Ecrits. Je
vais dire maintenant ce que le Dialogue a de particulier.

Le Dialogue, pour être parfait,
doit renfermer une idée singulière,
& intéressante. On la veut singulière, on est vain ; on la veut intéressante, les hommes qui attendent
tout leur bonheur des passions, ont
bien affaire des vérités qui ne les
touchent point. Je dis encore
qu'on la veut unique quand elle
est

est féconde ; elle a bonne grace à être seule, & d'ailleurs, l'esprit qui n'a qu'elle à considérer la voit plus à son aise. Une
autre adresse qui sert merveilleusement à la vivacité du Dialogue,
c'est de faire ensorte que les Acteurs n'y soient jamais d'accord,
qu'ils plaident presque toûjours
contradictoirement, sauf à eux de
convenir à la fin du Dialogue &
d'établir pour fruit de leur dispute
une proposition singuliere, mais
vraie du moins par le côté qu'on
la donne à considérer. A l'égard
de la longueur du Dialogue, mon
avis seroit qu'on lui en donnât peu,
l'étendue lui ôte de sa vivacité, &
le Dialogue, tel que je le donne
ici,

ici, ne sauroit être trop vif. Je ne
sai pourtant si pour y parvenir, il
est à propos de mener toûjours si
vîte le Lecteur à la vérité qu'on
veut lui faire appercevoir. Il y a
quelquefois de l'art à la lui faire
espérer quelque tems avant que de
la lui donner, & si sa course doit
être légere, il est dangereux de la
lui faire faire trop rapide.

Qu'on n'aille pas dire qu'il seroit
plus beau de conduire droit à la
vérité ; je soûtiens qu'il n'en faut
rien faire ; & de bonne foi, n'y a-
t-il pas de l'injustice à un Auteur
d'exiger qu'on attrappe tout d'un
coup une vérité à laquelle il n'est
arrivé, qu'après bien de la fatigue?
Oui, je le dirai, quand je devrois

E   offenser

offenser les grands génies qui aiment à saisir d'abord ce qu'il y a
d'essentiel dans les choses, il faut
qu'un Auteur fasse avec son Lecteur le chemin qui mene à la vérité : mais comme il l'a déjà fait,
il doit le mener par le plus agréable. Or ce chemin, pour être
agréable, ne doit être ni trop long,
ni trop court ; une allûre trop pré-
cipitée fatigue l'esprit : actif comme il est, il se trouveroit ennuyé
de celle qui seroit trop lente. *

Pour

---

* On doit sur cela des éloges à M. de
Fontenelle ; avec toutes les beautés du
genre, ses Dialogues ont presque tou-
jours la mesure qu'on leur peut sou-
haiter : on ne se défie point d'ailleurs,
qu'il

Pour ce qui est du style on ne sauroit l'avoir trop familier dans le Dialogue : j'avoue qu'on court risque de le rendre lâche, mais qu'y faire ? Une belle qualité est toûjours

---

qu'il y veuille instruire ; il semble que la réflexion principale par laquelle il ferme un Dialogue, soit amenée par plusieurs réflexions légeres qui la précedent. Je ne sai néantmoins si je voudrois que les réflexions qui amenent l'idée principale, fussent constamment légeres : s'il y a plus d'art dans cette maniere, il y a aussi moins de richesse, & le Dialogue en est moins étoffé. Au reste, ce n'est pas un petit mérite de savoir tirer un grand parti des choses, & c'est celui qui caractérise spécialement M. de Fontenelle.

E 2

jours voisine d'un défaut, & l'esprit qui veut attrapper le naturel, tombe quelques fois par paresse, dans un excès de simplicité qui lui sied encore moins mal que la parure; car le Dialogue n'en souffre point. Ennemi de l'affeterie, comme de la pompe, il a pour partage les graces naïves, & la belle simplicité fait tout son ornement. C'est peut-être aussi ce qui en fait la difficulté. On ne le croira peut-être pas, le style Oratoire & le style Poëtique font plus commodes, car de quoi s'agit-il là? de donner à son imagination le degré de chaleur qui fait enfanter les idées vives, & qui produit les images fortes. Qu'on fasse un Poëme ou une Ode on est censé inspiré

inſpiré & l'on a une Muſe ou un Dieu ſur le compte du quel on a à mettre tous ſes écarts : fait-on un Diſcours Oratoire, on fait pis ; on ſe trouve tout d'un coup é-chauffé à propos de rien , ou ce qu'on fait de plus ſage , on s'é-chauffe par degrès. Dans le Dia-logue on n'eſt échauffé par perſon-ne, & il n'eſt pas permis de s'é-chauffer ſoi-même , c'eſt une né-ceſſité de prendre le ton de la con-verſation , & qu'on juge quelle triſteſſe * c'eſt pour l'eſprit humain de

---

* Je ne ſai par quelle fatalité l'eſprit, dès qu'on ſe met à écrire , prend auſſi-tôt ſon vol , & cherche tellement à s'é-lever , qu'il en coûte pour ſe réduire &

E 3   s'ab-

de se voir reduit au naturel. Aussi
les regles du Dialogue ont-elles
communément été assez mal ob-
servées. Faisons néantmoins quelques exceptions ; exceptons surtout les Comédies de Moliere. Ce
grand homme est inimitable dans
sa maniere de faire parler ses Acteurs, on voit régner dans toutes
ses Pieces une naïveté qui ne se
dément jamais. Oserai-je le dire ,
& me sera-t-il permis au sujet
du

---

s'abbaisser au ton simple & naturel. Que
de la peine néantmoins qu'on a à attrapper le naturel , on n'aille pas conclurre
que nous ne l'aimons point , nous l'aimons beaucoup , mais il ne s'en offre
pas pour cela à nous plus vite.

du naïf d'avancer une chofe qui
paroîtra finguliere, c'eft que le
naïf qui femble n'être que le partage du Dialogue de la Comédie,
eft tout auffi néceffaire dans la
Tragédie ; * & comment ne le feroit-il

---

* Le beau vers de Corneille dans les
Horaces, que vouliez - vous qu'il fît
contre trois ? *Qu'il mourût ?* Eft du
naïf. Eh , pourquoi le Grand n'auroit-
il pas fon naïf ? Les grands fentimens ne
demandent-t-ils pas à être rendus comme les autres au plus haut degré de fidélité qu'ils le puiffent être ? Auffi le *Sublime en trait* eft-il du naïf tout pur & du
naïf en grand : cela eft démontré par le
Qn'il mourût des Horaces, par le *Moi de*
Médée, par tous les exemples qu'on
nous donne du *Sublime en trait*, Subli-
** E 4   me

roit-il pas ? & le naïf eft - il autre
chofe que la vraie & fidelle expref-
fion des chofes grandes ou petites
telles enfin qu'elles puiffent être ?

N'oublions pas ici de faire honneur aux Anciens au fujet du Dialogue. Ils en avoient imaginé un
d'une efpece bien finguliere : des
Acteurs à la maniere de nos Comé-
diens Italiens faifoient entendre
par des fignes, & par des geftes,
ce

---

me que j'appelle ailleurs Sublime des
Tours: on en verra, fi l'on veut, les
raifons au cinquieme Volume Difcours fur l'Ode, page 20. ainfi qu'à
la page 110. au fujet de l'Epigram-
me.

ce qu'ils auroient pû apprendre plus diftinctement par des paroles.

Leur goût pour le Dialogue, alla plus loin. Peu contens de faire des Comédies où fans le fecours des paroles, ils s'exprimoient d'une maniere intelligible, ils mirent encore dans leurs Ballets des danfes Dialoguées ; des Acteurs par des pas & des mouvemens cadancés peignoient les paffions dont ils feignoient d'être agités.

On fait avec quel fuccès le Théatre François a imité des Anciens cette forte de Dialogue, & l'on n'a encore aujourd'hui qu'un cri d'admiration pour les danfes figurées & galantes d'un excellent Danfeur

Danseur & d'une Danseuse parfaite. On est charmé de voir tous
les caracteres de l'Amour peints
dans leurs airs de tête, & dans les
différentes · inflexions de leurs
corps. En effet, des sentimens de
tendresse exprimés dans de beaux
vers, & prononcés par d'excel-
lens Acteurs, toucheroient moins.
Car enfin, un Acteur dit tout au
plus ce qu'il doit dire dans la si-
tuation où il est, & ne nous laisse
que le plaisir de l'entendre. Mademoiselle Prevost, & Monsieur
Balon nous font seulement connoître par leurs mouvemens qu'ils
s'aiment, & nous font dire à leur
place tout ce qu'ils se devroient
dire. Or l'esprit est charmé d'un
pareil

pareil exercice, & lorfqu'on lui laiffe le champ libre fur le chapitre des paffions, il va toûjours plus loin qu'on ne le feroit aller.

Voilà mes Réflexions fur la Nature du Dialogue. J'ai tâché de faire connoître l'origine de fon agrément : J'ai femblé même établir des regles * pour lui donner

toute

---

* Il eft à propos que j'avertiffe ici que lorfque je prefcris des regles pour le Dialogue, je ne les donne que pour les Dialogues de l'efpece de ceux que je préfente au public : ceux de Lucien n'ont pas exactement les qualités que je demande, & n'en font pas pour cela moins parfaits : car j'avoue de bonne grace, que leur gaieté fimple & naïve

vaut

toute la beauté dont il eſt capable ;
mais la ſorte d'eſprit qui donne des
Mé-

———————————————

vaut infiniment mieux que tout ce qué
j'ai prétendu mettre de piquant dans
les miens. Je crois néantmoins qué
les regles que j'établis , ne ſont point
mauvaiſes. Premierement, parce que
les Dialogues dont je parle , étant beaucoup plus courts que ceux de Lucien ,
on a la permiſſion d'y jetter du feu , de
le foûtenir , & même de le rendre plus
brillant à la fin , ce qu'il eſt important
néantmoins de faire avec réſerve. En ſecond lieu , il me paroît que le Dialogue , tel que je le demande , quoique
moins ſimple doit être plus du goût de
notre nation qui eſt portée aujourd'hui
& peut-être trop, aux choſes raiſonnées à
la fois & brillantes. A l'égard de l'eſpece
de Dialogues que nous ont laiſſés Pla-

Méthodes, ne permet pas toûjours
d'en faire ufage ; des vûes fines, &
d'or-

---

ton & Cicéron, tout le monde fait que
ce font des converfations,& des converfations fuivies qu'ont entr'eux des gens
du monde , mais des gens du monde qui
ont de l'efprit , & qui l'ont cultivé. On
fait auffi que tout devient le fujet de
ces entretiens, qu'on y agite des matieres de politique, qu'on y en agite de
morale : mais ce qu'on ne fait pas affez ,
& ce que les Anciens favoient, c'eft
que ces fortes d'entretiens , font d'une
reffource admirable dans les matieres ,
qui , pour être bien éclaircies , demandent à être difcutées , & méritent d'être
approfondies. La forme du difcours à
qui il paroît que nous avons donné la
préférence , avec l'inconvénient d'être
moins naturelle , a encore celui d'être
très-

d'ordinaire ſeches , ſont connoître
le beau : il faut de la vivacité , de
la

---

très-difficile. Combien d'art ne faut-il
pas pour rendre un Diſcours coulant à
la fois & vif, pour unir , & pour, ſi
cela ſe pouvoit , rendre imperceptible
le paſſage d'une idée à une autre , pour
corriger la ſéchereſſe de la Méthode,
ou ce qui ſeroit encore mieux , en la
conſervant , de la faire tout-à-fait diſ-
paroître ? Tant de difficultés ſont appla-
nies dans le Dialogue. Ce qui fait le
tourment & quelquefois le déſeſpoir
d'un Auteur, les tranſitions y deviennent
d'une facilité merveilleuſe. La froideur
des raiſonnemens ſe perd dans la foule
des tours vifs que fournit à tout moment
la converſation. Tout y eſt animé, tout y
eſt libre, tout y eſt aimable. Auſſi ne dou-
tai-je point que c'eſt la difficulté qu'il y

la foupleffe , & combien d'autres
qualités ne faut-il pas encore pour
le

à réuffir dans le Difcours, qui nous le
fait préférer aujourd'hui au Dialogue ;
car nous aimons le difficile, comme fi
le naturel bien employé ne l'étoit pas.
Il faut qu'à ce fujet je conte au Public
une aventure qui ne me fera pas honneur auprès de lui , mais elle fera propre à le corriger. Feu M. de Fenelon
Archevêque de Cambray , venoit de
faire paroître fa belle Lettre à l'Aca-
démie. On me l'envoya. Je la dévorai :
enfuite de quoi je revins aux trois
Dialogues , qui, comme la Lettre , roulent fur l'éloquence , & par lefquels il
eût été naturel que je commençaffe ,
parce qu'ils font à la tête du Livre. Je ne
le diffimulerai point. Le début du premier Dialogue , début qui étoit néantmoins

le mettre en œuvre ? Ainſi je ne
me flate point d'avoir ſuivi mes
pro-

---

moins tel qu'il devoit être , m'ennuyât
comme trop ſimple. Il me falloit ce
jour là du vif , du piquant , je n'en trouvai point , & on peut juger de la
promtitude avec laquelle je fermai le
Livre. Deux ou trois ans après , un beſoin de lire me prit : je ne ſai auſſi ſi
je n'eûs point quelques remords d'avoir
jugé ſi légerement. Enfin , je me mis à
relire ces Dialogues, & je puis aſſûrer le
Public qu'en réparation de ma ſottiſe :
je me ſuis beaucoup grondé depuis de
les avoir crû mauvais. Moi , & les autres , nous jugeons trop vite : nous voulons qu'on nous donne du vif , du pétillant ; nous en voulons par tout ſans
ſonger que le pétillant n'eſt bon que
dans les Epigrammes , que dans les ſou-
pers ,

propres regles , je crois même y avoir manqué. J'ai dit , par exemple, que le Dialogue , pour avoir toute sa perfection , devoit renfermer une idée singuliere, qui , après avoir été attendue quelque tems se déclarât à la fin : & j'ai ajouté que cette idée devoit être unique. Il m'arrive néantmoins dans plusieurs Dialogues de présenter deux idées ; je ne sai si c'est ma faute , mais

---

pers , que dans les conversations du monde , qui étant ordinairement décousues , & toûjours légeres, lui fournissent une place qui lui sied bien , & c'est là précisément où l'on ne le met plus, tant on est adroit en ce siecle-ci à faire de ses qualités un emploi raisonnable.

F

mais il eſt peu d'idées aſſez fécon-
des pour fournir un Dialogue d'u-
ne longueur raiſonnable ; & quoiqu'on doive avoir des égards pour
la pareſſe de l'eſprit, je crois qu'il
vaut mieux courir riſque de le fa-
tiguer, que de l'expoſer à un ennui
qu'il ne ſauroit ſouffrir.

Nous ſommes dans un ſiecle
incommode pour les Auteurs. Un
Lecteur demande de belles choſes,
& veut qu'on les lui donne vîte; je
crois même qu'on perdroit auprès
de lui tout l'honneur d'une découverte, après laquelle on le feroit trop languir. Il faut donc a-
voir aſſez bonne opinion de ſon
Lecteur pour oſer le charger. Que
riſque-t'on ? & ne pardonnera-t'il
pas

pas volontiers la fatigue qu'on lui fera essuyer, lorsqu'elle prouvera combien l'on présume de son intelligence ?

Je dirai encore pour ma justification que lorsque j'ai mis deux idées dans le même Dialogue, j'ai eu soin qu'elles se touchassent, & que le rapport qui étoit entr'elles, en fit une espece d'unité.

Je dois maintenant répondre à une objection qu'on ne manquera pas de me faire ; & que je me suis déjà faite à moi-même. Pour mieux montrer la foiblesse des hommes, je ne fais pas honneur aux Dieux que je fais parler, & souvent dans mes Dialogues ils dérogent à leur dignité. Mais quoi? Tels que les Poë-

tes

tes nous les représentent ne font-
ils pas fujets aux mêmes penchans ?
Ne font-ils pas agités des mêmes
paffions que nous? & voulant corriger les hommes , ne m'eft - il pas
permis de décrier leurs vices dans
ces mêmes Dieux qui femblent les
juftifier ?

Voilà furquoi j'avois à prévenir
le public , & je le prie de vouloir fe
fouvenir quelquefois que je fais
parler des Dieux pour inftruire des
hommes ; un langage , plus convenable à la Majefté des Dieux , auroit mis de la nobleffe dans mes
Dialogues , mais il y auroit mis
auffi un peu d'embarras , & je fens
qu'il y a déjà affez de féchereffe ,
mais comment la fauver ? Je m'é-
tois

tois proposé de combattre les préjugés ; il falloit, pour exécuter mon
dessein, remonter à des principes
qui sont secs, & je l'ai fait : je
sai ce qu'il m'en va coûter, mais
je suis assez hardi pour m'exposer
au courroux du Lecteur qui ne
manque jamais de punir un Auteur
qui ne le rejoüit point.

Je suis bien aise d'avertir encore
que je décrie quelquefois les vertus
humaines, mais j'espere qu'on m'en
saura gré. On ne sauroit trop faire voir combien notre vanité met
d'Art à les embellir. Il me falloit
donc attaquer l'orgueil dans son
fort, dissiper l'éclat dont ces hommes superbes avoient paré la fausseté de leurs vertus, éclairer leurs
imperfections, mettre au grand
jour

jour leur mifere, les faire rougir de leur adreffe à fe la déguifer, & les difpofer par là à acquerir ces vertus chrétiennes, qui, pures, comme leur origine, ont feules le droit de donner à l'ame ce fentiment d'excellence, qui la flate fi fort?

Il ne me refte plus à me juftifier, que fur le fond des chofes, & c'eft furquoi je prierai le Public de me faire grace, après quoi je ne l'entretiendrai plus de mon Ouvrage : il y a toûjours de l'orgueil à parler de foi, fût-ce avec modeftie, mais le filence eft-il plus modefte? Non, la vanité qui fe cache, pour fe payer de l'effort qu'elle fait, en devient plus vive, & n'en eft que plus délicate.

Fin du Difcours.

DIALOGUES

DES DIEUX.

DIALOGUE

DIALOGUE I.

L'AMOUR & PLUTUS.

Comparaison de l'Amour & de l'Avarice.

L'AMOUR.

CE doit être une jolie condition que la vôtre. Vous possédez tous les Trésors de la terre, vous êtes le Dieu des richesses ; cependant vous n'en êtes pas plus heureux ; car enfin que vous servent tous ces biens, si vous

G   re-

remettez toûjours à en faire uſage ?

P L U T U S.

Vous n'avez pas ce défaut-là ,
& l'on ſait que vous êtes fort preſſé
de joüir.

L'A M O U R.

D'accord ; mais ſongez à vous
juſtifier.

P L U T U S.

Il ne s'agit pour cela que de démêler une erreur d'imagination.
On ſe figure que pour faire un uſage agréable de mes richeſſes , il eſt
néceſſaire que j'en faſſe part aux
autres. Non , la vanité ne me fournit pas cette ſorte de plaiſirs , l'a-
varice m'en donne de meilleurs.
'Ah ! ſi vous ſaviez combien ma
maniere de joüir a d'avantage , &

com-

combien elle est au-dessus de la
vôtre. Vous n'avez pas plutôt joüi,
que vos desirs vous quittent, &
vous voilà aussi-tôt tombé dans un
état de langueur dont vous ne sor-
tez pas que d'autres desirs ne vien-
nent prendre la place de ceux qui
vous ont quitté. Pour moi je ne
perds pas ainsi mon bonheur, en
joüissant de l'objet qui le cause. La
possession de mes biens ne sert qu'à
irriter le desir de les augmenter;
& ce desir n'est point une peine
comme chez les Amans, mon œco-
nomie m'en assûre la satisfaction.

L'AMOUR.

Mais vous êtes dévoré par la
crainte de perdre le bien que vous
possédez.

PLU-

PLUTUS.

J'ai cela de commun avec vous ; & il est à propos que les choses soient ainsi. L'on s'endormiroit dans son bonheur , & l'on n'en sentiroit pas le prix si l'on n'avoit quelque inquiétude de le perdre. Mais c'est une inquiétude douce , assaisonnée par ma vigilance , elle devient telle qu'il faut pour donner de la pointe à mes plaisirs. Il n'en est pas de même de vous autres Amans , c'est à trop bon titre que vous êtes inquiets, pour pouvoir être heureux. Un coup du caprice que vous ne sauriez parer, vous fait tomber du haut de la félicité.

L'AMOUR.

Hé bien, qu'en concluez-vous?

qu'il

Qu'il y a des défauts en amour ; on ne vous le difpute pas : mais en devez - vous prendre le droit de faire entrer en comparaifon vos plaifirs avec ceux que fournit la plus douce de toutes les paffions ?

PLUTUS.

Pourquoi non ? Je vous foûtiens que l'on eft plus content dans mon Empire que dans le vôtre. N'allez pas me dire que l'avarice eft décriée, je le fai bien ; mais c'eft par une efpece de vengeance. Comme on n'a pu empêcher d'être heureux ceux qui goûtent les avantages de l'avarice, on leur a refufé la douceur d'être reconnus pour tels. Voilà tout le mal qu'on a pu leur faire.

G 3   L'A-

L'AMOUR.

Hé pouvoit-on leur en faire affez, & l'avarice n'eft-elle pas la plus vilaine des paffions ? Toutes les autres lient les hommes en-tr'eux , elles établiffent un com-merce qui fait le nœud de la So-ciété. Voyez l'Amour, on y donne des fentimens & l'on en reçoit ; il en eft de même de la gloire , quand on veut recevoir des loüanges , il faut en donner : il n'y a que l'ava-rice qui ramene tout à elle , & qui ne veut rien rendre.

PLUTUS.

Voilà fon grand défaut ; mais qu'importe , elle rend heureux ceux qu'elle poffede.

L'AMOUR.

L'AMOUR.

Je ne fai que vous dire, ce font de petits plaifirs que ceux qui ne fe communiquent pas.

PLUTUS.

Vous vous l'imaginez. La Nature a fait des plaifirs qui fe partagent, elle en a fait auffi de folitaires.

L'AMOUR.

Quand cela feroit, l'avarice n'en feroit pas une paffion moins déteftable; elle n'eft bonne que pour celui qui en eft dominé.

PLUTUS.

Mais vous qui parlez fi mal de l'avarice, fongez-vous qu'il y a une forte d'avarice en amour ? On ne veut partager avec perfonne le bien

G 4   qu'on

qu'on possede, on ne néglige rien pour se l'assûrer, rien ne coûte pour l'étendre. Toutes les passions ont les mêmes caracteres, & deviennent estimables dès qu'elles sont capables de nous rendre heureux.

L'AMOUR.

Oui; mais il y a des passions qui en nous rendant heureux, tournent aussi au profit des autres.

PLUTUS.

D'accord ; mais la Nature en a fait aussi qui ne regardent que nous.

L'AMOUR.

Il est vrai; les unes sont appellées des vices, les autres des vertus.

DIALOGUE

DIALOGUE II.

MINERVE & MERCURE
Sur l'Éloquence.

MINERVE.

DE QUOI s'est avisé Jupiter, de vous faire Dieu de l'Élo-quence & Dieu des Filoux ? Ce dernier titre vous faisoit-il assez d'honneur pour l'assortir au pre-mier ? Ah ! remettez-lui une si étrange Divinité ; il ne sied point à un Dieu d'être à la tête d'une troupe de brigands, & d'autoriser le crime.

MER-

Ah! de grace, laiſſez le Ciel comme il eſt, il y auroit trop de réforme à faire : mais qui vous a donné, je vous prie, la liberté de parler ſi mal des Filoux ; leur métier ne ſuppoſe-t-il pas de l'adreſſe, & une ſorte d'intrépidité qui ne le rend pas tout-à-fait méꝑriſable ? Si vous me mettiez de mauvaiſe humeur, je pourrois vous dire qu'on feroit fort bien de les eſtimer, quoiqu'on ne faſſe pas trop mal de les punir. Licurgue qui étoit homme de bon ſens, en jugeoit autrement que vous. Il avoit mis le larcin en grande conſidération : c'étoit, ſelon lui, un prélude pour le métier de la guerre. Songez-y bien, le

larcin

larcin a été l'école de tous les Grands Hommes qu'a produit Lacédemone.

M I N E R V E.

N'en déplaise à Licurgue, je détesterai toûjours cette espece de gens dont la fonction est d'enlever le bien des autres. Mais dites-moi pourquoi notre grand Dieu Jupiter a-t-il réuni en vous ces deux sortes de Divinités ? Ne seroit-ce point qu'il a reconnu en vous des talens pour faire dignement ces deux métiers ? Ne seroit-ce point aussi qu'ils se ressemblent ? En effet, l'Éloquence est une espece de friponnerie ; c'est l'art de surprendre les hommes, c'est une maniere délicate de les séduire.

MER-

MERCURE.

Il y a ce me semble encore une autre sorte d'Éloquence dont vous ne parlez pas, une Éloquence forte & vive, qui, négligeant l'adresse, n'a pour armes que la force, telle qu'étoit celle de Démosthene ; & celle-là vous pourriez la comparer à cette espece de gens qu'on nomme des voleurs de grands chemins.

MINERVE.

'Ah ! ces Orateurs-là ne sont pas dangereux ; on est toûjours en garde contr'eux, & ne fût-ce que pour l'honneur de sa vanité, on sait fort bien leur résister. Je me défierois bien plus d'un Orateur adroit & délicat, qui cachant les

desseins

desseins qu'il auroit sur moi, cher-
cheroit à me surprendre. Comme
je ne me sentirois pas attaqué, je
ne songerois pas à me défendre, &
j'aurois l'agrément de me laisser
vaincre sans en avoir la honte.

MERCURE.

Ne soyez donc plus surprise de
ce qui vous paroissoit bisarre dans
l'assortiment des deux Divinités
dont je suis honoré. Il y a mille
choses comme cela qui paroissent
folles, & qui deviennent raisonnables quand on les examine. Mais
vous, pendant que nous sommes
d'humeur à examiner nos titres,
apprenez-moi pourquoi l'on vous
a fait Déesse de la Guerre & de la
Sagesse ? Il me semble que vous

ne

ne fauriez poſſéder une de ces qualités, que vous ne renonciez à
l'autre.

MINERVE.

Qui vous a dit cela ? La Guerre
a des avantages que vous ne con-
noiſſez pas ; elle défait la Société
de ce qu'elle a de mauvais. C'eſt
un venin qui eſt fait pour la pur-
ger, & lui emporter ce qui pourroit l'incommoder. De plus, où
prenez-vous que les hommes doivent être conduits par la Sageſſe ?
Ah! je ſuis trop de leurs amies pour
leur donner un guide comme ce-
lui-là ; il leur faut des folies. Il n'y
a que cela qui puiſſe les réjoüir.

MERCURE.

Je ne croi pas qu'ils aient de
repro;

reproches à vous faire , & vous les avez faits , ce me semble , tout aussi fous qu'ils peuvent l'être.

MINERVE.

Il me les falloit aussi fous qu'ils font , pour que ma conduite fût sage. C'est par les folies , que je gouverne l'Univers ; je ne trouverois pas si bien mon compte à les gouverner par la raison. Et que seroit-ce si les hommes étoient raisonnables ? Ne suffit-il pas qu'ils s'imaginent l'être ?

MERCURE.

Comment voulez - vous qu'ils puissent se tromper jusqu'à ce point ?

MINERVE.

Oh ! les hommes font fous ;
mais

mais ils ne font pas fots. Jugez-en vous-même, & voyez leur adreffe; ils ont fait de leurs folies tout autant de vertus.

MERCURE.

Si cela eft, je ne faurois affez les loüer, d'avoir trouvé le moyen de joüir, de l'agrément de la folie, & de conferver l'honneur de la fageffe.

DIALOGUE

DIALOGUE III.

APOLLON & VENUS

Sur la Sagesse.

APOLLON.

NE sauriez-vous faire un bon choix, & vous en tenir-là ? Faudra-t-il qu'on n'entende jamais parler que de vos nouvelles aventures ?

VENUS.

Donnez-moi un Amant, qui me fournisse toûjours du plaisir, & je vous promets de lui être toûjours fidele.

H. APOL.

APOLLON.

Fort bien : vous tirez d'un objet tout le profit que vous en pouvez tirer, & lorſque cet objet eſt épuiſé pour vous, vous courez à un autre.

VENUS.

Hé bien, que trouvez-vous à redire à cette conduite ? Dépend-il de moi de faire durer mes deſirs ? De plus, quand j'en ſerois la maîtreſſe, il y auroit de la ſageſſe à moi à les faire ſuccéder les uns aux autres. Les premiers deſirs qu'un objet fait naître, ſont ce qu'il y a de meilleur à nous donner ; c'eſt la fleur des plaiſirs de l'amour, le reſte n'a plus rien que de languiſſant.

APOLLON.

APOLLON.

Votre morale étoit trop bonne pour vous en tenir à la simple spéculation.

VENUS.

Auffi ai-je eu foin de la réduire en pratique : mais vous qui m'accufez d'inconftance , favez - vous bien que vous êtes plus inconftant que moi. Vous n'avez pas plûtôt trouvé une vérité, que vous courez après une autre. Que ne vous tenez-vous en repos ?

APOLLON.

Voilà la difficulté ; nous avons une furieufe demangeaifon de favoir, nous autres Savans. Croiriez-vous bien que nous aurions autant de peine à nous paffer de connoif-

H 2   fan-

fances, que vous pouvez en avoir à vous paſſer de plaiſirs ? Car enfin nous avons des beſoins auſſi-bien que vous, & l'eſprit a des intem-pérances auſſi difficiles à régler que le cœur.

VENUS.

Mais vous devriez être las de chercher ; car outre que je vous croi rarement récompenſé de vos recherches, pouvez-vous ſuffire à chercher toûjours ? Voilà bien de la fatigue.

APOLLON.

Oh ! quand nous ſommes las de chercher, nous avons une reſſour-ce : nous nous mettons à croire ; c'eſt ainſi que nous prenons des forces pour continuer notre cour-ſe.

VENUS.

VENUS.

Comment : ce n'est que par las-
situde que l'on croit ? Je ne me le
ferois jamais imaginé.

APOLLON.

Cela est pourtant ainsi.

VENUS.

Pouvez-vous bien profiter toûjours de cette ressource-là ? car il
faut que vous doutiez souvent : il
y a bien des choses qu'on ne doit
point croire sans les avoir sérieusement examinées.

APOLLON.

Aussi doutons nous le moins que
nous pouvons ; le doute est fatiguant pour l'esprit ; c'est un état
qui demande trop de mouvement.
Nous voudrions bien joüir du plai-

fir

sir de croire, sans nous donner la peine d'examiner.

VENUS.

Et où est la nécessité d'examiner ? L'ignorance vous vaudroit bien des plaisirs que la curiosité vous fait perdre.

APOLLON.

Je vous dis encore une fois que les hommes faits comme ils sont, ne sauroient absolument demeurer ignorans, & qu'ils ne sauroient pas plus se dispenser de connoître, qu'ils peuvent se dispenser de sentir. Nés pour faire ces deux choses à la fois, ils remplissent parfaitement les fonctions auxquelles ils sont destinés. Figurez-vous l'esprit qui va d'un côté, & le cœur de l'autre,

tre,

tre, & qu'ils courent sans cesse tous les deux ; l'un pour acquérir de nouvelles connoissances, l'autre pour acquérir de nouveaux desirs.

VENUS.

Voilà une fort sotte condition que celle qui fait chercher toûjours, & qui ne fait jamais trouver presque rien.

APOLLON.

C'est toûjours un plaisir d'aller ; on n'aime point le repos. Après cela la nature s'embarrasse peu que les hommes soient contens d'elle sur cet article, non plus que sur bien d'autres. Elle ne consulte point l'intérêt de leur bonheur dans tous les mouvemens qu'elle leur donne: elle

elle ne travaille jamais que pour
elle. Il est vrai qu'il lui arrive quelquefois de faire quelque chose en
leur faveur ; mais ils ne doivent
nullement lui en tenir compte ;
c'est qu'elle a besoin d'eux. Par
exemple , elle met dans leur cœur
une capacité de sentir , que rien
n'a la puissance de remplir ; elle
donne à leur esprit une avidité de
savoir qui n'a point de bornes.
Croyez-vous que ce soit pour eux
qu'elle a fait tout cela ? Non , c'est
pour elle : Elle sait qu'il faut que
pour l'intérêt de son ouvrage ils
soient dans un mouvement continuel ; n'ayez pas peur qu'elle les en
laisse manquer. En effet , y auroit-il
rien de plus froid que le spectacle de
l'Univers ,

l'Univers, s'il n'étoit varié par les différentes occupations des hommes ? Que deviendroient les Arts, les Sciences, & les effets utiles qu'elles produifent, fans ce defir curieux dont les hommes ne fauroient fe défaire ? Le monde ne feroit plus qu'un tas de fainéans, qui ne feroient que fe regarder, & s'endormir dans un repos continuel.

VENUS.

C'eft-à-dire qu'il a été prudemment établi par la Nature, que les hommes feroient toûjours agités ; & pour réuffir dans fon deffein, elle a l'adreffe de leur propofer un but qu'ils n'attrapent jamais.

I   APOLLON

APOLLON.

Fort bien.

VENUS.

A mon égard je suis fort contente qu'elle ait donné du mouvement au cœur : ce seroit quelque
chose de bien triste d'avoir un cœur
qui ne fît rien : mais il me semble
qu'elle auroit bien pû se dispenser
de donner du mouvement à l'esprit. Je ne vois pas que cette agi-
tation-là doive être bien agréable.

APOLLON.

Et moi, je vois bien que vous
vous imaginez qu'il n'y a que l'a-
mour qui puisse fournir du plaisir.
Cela marque que vous avez été
fort contente de lui ; mais apprenez qu'il y a des plaisirs qui pour
être

être d'une autre espece, ne sont pas moins doux que les vôtres. Ah ! si vous aviez vû un Savant qui vient de saisir une vérité qui lui plaît, dans quels transports ne le verriez-vous point ? Jamais un Amant qui possede un objet qu'il a ardemment desiré, n'a été rempli d'une joie plus délicieuse. Et pourquoi ne seroit - il pas aussi heureux qu'un Amant ? N'a-t-il pas comme lui l'honneur de la conquête ? Que dis-je, il doit se tenir plus glorieux, il ne doit rien au caprice, il ne doit rien qu'à lui-même, son attention lui fait assujettir une vérité rebelle.

VENUS.

Vous voulez donc que la scien-

ce soit une passion aussi-bien que
l'amour, & même une passion aussi
agréable ?

APOLLON.

Je ne sai si elle est aussi agréable ; mais je puis vous dire que
toutes les passions sont bonnes.
Elles sont trop précieuses pour en
rien laisser perdre, il faut les mettre à profit, il faut oser se plaindre
de n'en point avoir assez.

VENUS.

Mais la sagesse les défend.

APOLLON.

Bon, il sied bien à la sagesse de
défendre les passions ; elle est elle-
même une passion.

VENUS.

La sagesse une passion !

APOL-

APOLLON.

Oui, une paſſion : on a de la peine à le croire, parce qu'elle veut chaſ-ſer les autres, & qu'elle ſe déclare leur ennemie. Cependant ne croyez pas que parce qu'elle n'en a point le titre, elle n'en a pas la vivacité. Et quoi! pour ſe rendre maîtreſſe du cœur de l'homme, ne faut-il pas que la ſageſſe l'agite & le re-mue? Et n'eſt-ce pas là ce qui fait le caractere des paſſions?

VENUS.

Fi, je ne veux pas d'une paſſion qui ne ſauroit ſouffrir les autres.

DIALOGUE IV.

PAN & VENUS.

Sur la maniere d'attaquer un cœur.

VENUS.

NON, vous ne sauriez vous justifier des rigueurs qu'a eu pour vous Syrinx. C'est les avoir méritées, que de n'avoir pas su les vaincre ; & n'est-il pas honteux pour le Ciel qu'un Dieu ait aimé une Mortelle, & n'ait pas su en triompher ?

PAN.

Que me reprochez-vous ? Et ce
qu'il

qu'il me manque d'agrémens doit-
il m'être imputé pour un crime ?

VENUS.

Ne diroit-on pas, à vous entendre, que pour plaire il faille être
beau comme l'Amour ? Non, notre foiblesse dispense les amans de
tant de charmes.

PAN.

Que me falloit-il donc ?

VENUS.

Il falloit s'y prendre mieux que
vous n'avez fait, & certainement
vous auriez réussi : pourquoi non ?
La nature a jetté dans chaque cœur
des semences générales de tendresse, qui ont pour objet le sexe
qui lui est différent ; & cela suffit
pour se faire aimer, quand elle a

I 4   refusé

refusé le secours de ces phisiono-
mies privilégiées qui s'assûrent par
elles-mêmes des cœurs.

PAN.

C'est-à-dire, qu'avec la seule
qualité d'homme, on peut aspirer
à l'honneur de plaire.

VENUS.

Sans doute ; mais un Amant qui
n'a pour lui que ces dispositions
générales de tendresse qu'un sexe
a l'un pour l'autre, n'a pas toûjours
suffisamment ce qu'il lui faut pour
plaire ; il est quelquefois à propos que l'art vienne l'aider : &
quand vous saurez de quelle maniere est fait le cœur de l'homme,
vous verrez que l'assujettir n'est pas
un ouvrage si difficile. Ce qu'il y a
de

de fingulier, c'eft qu'on l'attaque
à-peu-près comme une Place de
guerre : on prend des foins pour un
objet, on étudie fes goûts, on cherche à y entrer , on fait fa conquête
par détail ; enfin l'on s'en rend maître abfolu , & à tout cela il n'y a
pas tant de gloire qu'on diroit bien
pour les amans. La difpofition que
nous avons à nous rendre, diminue bien l'honneur qu'ils ont à nous
vaincre. Mais fachons un peu comment vous vous y prîtes pour faire
réuffir les deffeins que vous aviez
fur Syrinx. Je gage que vous vous
préfentâtes à elle plein de fes charmes , & que comme s'il fuffifoit de
dire qu'on aime pour être aimé ,
vous lui fîtes montre de la tendreffe
la plus vive.   PAN.

PAN.

Vous l'avez deviné.

VENUS.

Voilà justement ce qu'il ne falloit point faire. La folie des amans est d'exprimer leurs desirs avant que d'en faire naître ; c'est-là ce qui les perd tous. Telle est la nature de l'amour : il naît dans le trouble & dans l'inquiétude ; c'est-là son berceau. Il ne s'agit pour se faire aimer , que d'inquiéter un cœur; voilà tout le secret.

PAN.

Mais suffit-il de vouloir inquiéter un cœur pour y réussir?

VENUS.

Oui, il n'y en a point quelqu'il soit, qui ne veuille être remué;

&

& dans l'avidité où il est d'être
agité, il ne s'agit que de l'aider à
sortir d'un repos qui lui est oné-
reux. Pour moi, si j'étois amant, je
ne serois point du tout embarrassé
à plaire : pour cela je ne songerois
point à prouver ma tendresse à la
personne qui me l'inspireroit ; il me
suffiroit seulement de la lui laisser
deviner. L'incertitude où je la jet-
terois lui causeroit sûrement de l'inquiétude, & l'inquiétude ménagée
quelque tems dans un cœur, y mettroit infailliblement de l'amour.

PAN.

Eh bien, me voilà instruit, &
je ferai maintenant tant de conquêtes qu'on voudra ; mais comment les conserver ? N'avez-vous
point

point auffi quelque méthode particuliere pour cela ?

VENUS.

Non, c'eft la même. Le trouble
qui nous affujettit un cœur, nous
en affûre auffi la poffeffion ; mais
la garde en eft plus difficile que
la conquête. Souvent il en coûte
peu pour plaire, & il en coûte toûjours beaucoup pour plaire long-
temps. Souvent on eft trop amou-
reux pour pouvoir être long-temps
aimable : fouvent auffi l'on n'eft pas
affez piqué d'un objet, pour lui
vouloir ménager une longue tendreffe ; mais les moyens de fe continuer la vivacité d'un cœur font
toûjours fûrs à celui qui voudra ou
pourra les prendre. Qu'on paroiffe
toûjours

toûjours nouveau, fous quelques
formes que l'on fe montre ; pourvû qu'elles foient variées, on ne
peut que fe faire aimer davantage.

PAN.

Je fuis charmé que vous ayez
trouvé des remedes pour l'inconftance : j'entrois toûjours en mau-
vaife humeur, lorfque je fongeois
que les plus belles amours de-
voient finir.

VENUS.

Qu'aviez - vous tant à vous fâcher ? Cette forte de conftance n'a
rien de fi délicieux ; elle ne fe foûtient qu'à force de remedes , & a
toûjours quelque chofe de languif-
fant. Pour être heureux , il n'y faut
rien mettre du fien : & le bonheur
des hommes n'eft jamais l'ouvrage
de leur raifon.   DIA-

✿✿✿✿✿✿✿✿✿✿✿✿✿✿✿✿✿✿✿

DIALOGUE V.

MELPOMENE,

Muse de la Tragédie,

URANIE, *Muse de l'Astronomie.*

Sur la Perfection.

URANIE.

AH! ma sœur, vous seriez bien plus aimable si vous songiez moins à plaire ; ne sentez-vous pas qu'il y a une sorte de coquetterie à parler toûjours, comme vous faites, un langage mesuré ?

MELPOMENE.

Est-ce un défaut que de songer

à

à plaire ? Et croyez-vous que la vérité se passât si facilement de l'agrément que je lui donne ?

URANIE.

C'est-à-dire que la vérité a besoin du secours de l'erreur.

MELPOMENE.

Comment besoin ! Elle ne sauroit s'en passer. C'est aux fictions
qu'elle doit tout son mérite. Voyez
l'Éloquence, qui est une espece de
Poësie, combien de figures outrées;
n'est-elle pas obligée d'employer,
& le tout souvent en faveur de la
vérité ?

URANIE.

Mais du moins l'Éloquence est
affranchie de cette captivité où
vous met la rime.

MEL-

MELPOMENE.

Oui ; mais l'Éloquence a sa mesure & sa cadence, aussi-bien que la Poësie.

URANIE.

Ah ! la contrainte où se met l'Éloquence, lorsqu'elle veut flatter les oreilles, ne diminue rien de sa vivacité ni de son exactitude. Elle remue le cœur quand elle le juge à propos, & on l'a vûe plus d'une fois donner à l'imagination des spectacles aussi beaux que vous auriez pû faire ; les mouvemens hardis ne sont point arrêtés par un vain arrangement de paroles, & cette liberté dont elle joüit, vaut à la raison, quand elle s'emploie pour elle, sa lumiere la plus pure. Il n'en

n'en est pas de même de la Poësie :
une rime stérile éteint souvent son
plus beau feu, & l'idée la plus chere est quelquefois la victime d'un
mot qui ne sauroit s'unir à elle.

MELPOMENE.

C'est pourtant cela qui fait le
prix de la Poësie.

URANIE.

Et c'est ce qui fait la honte de la
raison : il semble que les hommes
peu satisfaits de l'honneur que donne la découverte de la vérité, aient
voulu relever leur gloire par la
difficulté qu'ils ont mis à la rendre.
Ne diroit-on pas que l'habitude
qu'ils ont avec elle les en a dé-
goûtés.

K   MEL-

Vous avez raifon, les hommes
la trouvent rarement, & pourtant
ne l'eftiment guere. Jamais on ne
les a vûs curieux de vûes diftinctes,
ils ne les veulent qu'agréables. Je
dis plus, rien ne fait tant de tort à
la vérité que l'air qui lui eft naturel : dans combien d'ornemens
n'eft-on pas forcé de l'envelopper
pour cacher cette fechereffe qui
lui eft attachée ? Chofe étrange !
L'efprit humain, qui femble fait
pour elle, veut prefque la mécon-
noître. Qui le fait mieux que vous,
ma Sœur ? Les fciences auxquelles
vous préfidez font les feules qui
aient la vérité pour objet ; cependant combien peu de gens s'en
occu-

occupent : apprenez la source de leur malheur ; elles ne sont que vraies.

URANIE.

Outre la vérité qu'elles ont seules en partage, ce sont encore les seules qui soient utiles. Ne sont-ce pas elles qui ont découvert aux hommes des Astres que nous n'avions pas faits pour être apperçus d'eux ? C'est par le moyen de ces Astres qu'ils tiennent la facilité de traverser les Mers les plus spacieuses ; & n'est-ce pas l'attention qu'ils y donnent, qui nous dérobe tous les jours quelqu'un de nos secrets.

MELPOMENE.

Mais pourquoi vous plaindre de l'oubli où vous êtes ? Vos sciences

ne réjoüiffent point, & les hommes
veulent être réjoüis. Les fciences
abftraites font utiles, on les eftime; celles dont je m'occupe font
agréables, on les aime.

URANIE.

Convenez du moins que les
miennes font plus parfaites.

MELPOMENE.

Pourquoi voulez-vous que j'en
convienne ? Cela n'eft pas vrai ; &
fi quelqu'une de nous avoit à l'emporter fur l'autre en matiere de
perfection, ce devroit être moi.
Les fciences auxquelles je préfide
ont de l'agrément, les vôtres n'ont
que de l'utilité.

URANIE.

Vous donnez là à la perfection
une

une plaisante source.

MELPOMENE.

Elle n'en a pourtant point d'autre. Une chose est plus ou moins parfaite, à proportion des rapports de convenance qu'elle a avec nous.

URANIE.

Sur ce pié - là les perfections n'exprimeroient que ce que nous sentons à l'occasion des choses, ou ce que nous souhaitons leur trouver, & non pas ce qu'elles sont elles - mêmes. Quoi ! lorsque je verrai de la bonté dans une personne, cette perfection - là ne lui appartiendra pas, & marquera simplement le plaisir que j'ai de la trouver dans une disposition qui m'est convenable ?

MELPO-

MELPOMENE.

Oui, la perfection eſt un ſentiment de l'ame, qui honore d'un
beau nom un objet qui a des qualités dont elle a beſoin.

DIALOGUE.

DIALOGUE VI.

VULCAIN & MARS.

S'il est bien établi que l'honneur des hommes dépend de la fidélité de leurs femmes.

MARS.

LE Soleil vous rendit un bien mauvais office, lorsqu'il vous avertit de ce qui se passoit entre Venus & moi. Avoüez - le, ce fut pour vous un vilain spectacle que votre femme entre mes bras.

VULCAIN.

Que trouvez-vous d'humiliant pour moi dans cette aventure ?

MARS.

MARS.

Comment , votre vanité ne fut point bleſſée , & vous pûtes me voir ſans chagrin partager avec vous les ſaveurs de Venus ?

VULCAIN.

Pourquoi non ? Je vous aſſûre que vous ne pouviez me faire plus de plaiſir : J'étois trop familiariſé avec les beautés de Venus , ſes appas ſouffroient déjà un peu de la poſſeſſion ; vous vîntes le plus à propos du monde continuer à mon cœur la vivacité qu'il commen- çoit à perdre.

MARS.

Je n'aurois jamais crû que vous m'euſſiez eu tant d'obligation : le
plaiſir

plaifir que j'ai eu à vous obliger a
dû vous difpenfer de la reconnoiffance.

VULCAIN.

Ne raillez point tant : vous ne
pûtes auffi me faire plus d'honneur
que vous m'en fîtes en cette occa-
fion-là. Quel charme ne fut ce pas
pour moi de voir par l'excès du
plaifir que vous témoignâtes, l'eftime que vous faifiez d'un bien
dont j'avois la propriété, & dont
j'étois le maître de joüir quand je
voulois ? Ah ! convenez que les
faveurs que vous obtîntes de ma
femme, dûrent bien augmenter le
cas que j'en faifois.

MARS.

Il eft vrai, les hommages que je

L   ren-

rendois à Venus avoient de quoi vous flater. Sa beauté ne laiſſoit point naître de deſirs dans mon cœur , qui ne ſerviſſent à votre gloire ; mais votre gloire vouloit qu'elle ne les contentât pas.

VULCAIN.

Pourquoi? Vous euſſiez pû douter de mon bonheur, ſi vous ne l'aviez pas éprouvé vous-même. Il étoit de mon honneur que vous connuſſiez toute l'étendue de mes plaiſirs.

MARS.

Vous me feriez preſque croire que tout l'avantage a été de votre côté ; mais encore faut-il qu'il me demeure quelque profit.

VULCAIN.

Vous le dirai-je franchement ;

je

je ne vois que de la honte pour vous dans cette même occasion dont le souvenir vous rend si fier. Car enfin les démarches que nous faisons pour enlever le bien d'un autre, prouvent que ce bien-là nous manque pour être heureux. Les mesures que vous prîtes pour surprendre la vertu de Venus, furent autant d'aveux forcés de mon bonheur ; elles exprimerent ce qui manquoit au vôtre.

MARS.

Mais aussi quelle satisfaction n'a-t-on pas, quand par son mérite on se donne droit à des faveurs auxquelles on ne doit point aspirer.

VULCAIN.

Ah ! voilà un plaisant droit que

L 2   celui

celui qui est établi sur le caprice
des Belles, & vous donnez-là aux
plaisirs des amans un édifice bien
fragile. Pour nous autres maris,
nous ne formons jamais de desirs
dont nous ne tenions la satisfaction
assûrée. Voulons - nous des plaisirs, il y en a toûjours qui nous attendent ; le devoir qui fait qu'on
nous les donne, ne permet point
qu'on nous les refuse. Je ne mets
point encore au rang de nos avantages celui d'être déchargés de la
reconnoissance : car enfin on ne
nous fait point de grace comme à
vous autres, en nous rendant heureux ; nous le sommes, parceque
nous devons l'être.

MARS.

MARS.

Je suis charmé de vous trouver l'esprit si bien fait ; j'avois toûjours eu peur que les fréquentes infidélités de Venus ne vous causassent de l'inquiétude.

VULCAIN.

Ah ! ne craignez rien, j'ai sur cela les idées aussi saines qu'on puisse les avoir : & croyez-vous que je me sois jamais imaginé que les charmes de Venus n'étoient faits que pour moi ? Non, ce n'est pas l'intention de la Nature, elle répand un certain nombre de jolies femmes, fort petit, car elle est économe ; elle ne prétend pas qu'on en ait seul la possession, ses faveurs sont générales. En effet,

L 3   seroitferoit-il jufte qu'une belle perfonne appartînt à un feul homme, & fût perdue pour le refte de l'Univers ?

MARS.

On ne gagneroit donc rien à être le mari d'une jolie femme ?

VULCAIN.

Vraiment fi ; outre le droit naturel qu'on a fur elle, on en a encore un acquis par le mariage, qui nous rend l'ufage de fes charmes plus facile.

MARS.

Je ne faifois donc que joüir de mes droits, quand vous me furprîtes dans les filets.

VULCAIN.

Auffi vîtes-vous que je ne vous dis

dis mot ; je fus même bien aife que
ma femme eût du goût pour vous ,
& je fus charmé de l'infidélité qu'elle m'avoit faite. Me croirez-vous
fi je vous dis qu'elle me valut des
carreffes ? Je lui trouvai un air de
vivacité qu'elle n'avoit point aupa-
ravant : je crûs même la voir plus
tendre. Comme elle étoit en habitude de l'être, (car vous l'aviez
montée fur ce ton-là) elle me dit
mille douces chofes qu'elle ne
m'auroit point dites. Croyez-moi ,
les maris ont quelquefois plus d'o-
bligation qu'ils ne penfent aux
amans de leurs femmes ; elles prennent avec eux des manieres tendres
qu'elles apportent à leurs maris , &
dont les maris profitent.

L 4   MARS.

MARS.

Soit ; les amans de vos femmes vous obligent, vous autres maris ; mais aussi ils vous déshonorent.

VULCAIN.

Je n'en saurois deviner la raison ; car comment s'assûrer de la fidélité des femmes ? Et comment ferions-nous, nous autres maris, ce que les amans ne sauroient faire? Qu'on déshonore, à la bonne heure, les femmes qui manquent de foi à leurs maris, cela paroît raisonnable : mais qu'on punisse un mari des infidélités que lui fait sa femme, voilà ce que je ne puis concevoir.

MARS.

Il faut pourtant bien qu'ils méritent

ritent par quelque endroit le ridicule qu'on leur donne. Les préjugés les plus extravagans ont toûjours un fondement.

VULCAIN.

Ah ! les maris font plus malheureux que les autres hommes : On
les déshonore fans avoir feulement
de mauvaifes raifons pour les déshonorer.

DIALOGUE.

DIALOGUE VII.

MARS & VENUS

Sur la Politesse.

VENUS.

FAUT-IL que j'essuie tous les jours des reproches sur votre conduite ? Et si la tendresse que j'ai pour vous me rend comptable de vos défauts, ne devez-vous pas songer à vous en corriger ? On ne parle ici que de votre impolitesse. Junon se plaignit à moi dernierement que vous l'aviez vû monter dans son char, & que vous n'aviez

pas

pas eu l'honnêteté de lui donner la main ; & je me souviens qu'Apollon m'a dit hier, que vous aviez passé une après dînée entiere avec Isis & Diane, sans les loüer une fois sur leur beauté.

MARS.

Ne diroit-on pas que je suis fait pour donner la main à toutes les Déesses ? Quoi ! si Diane ne me paroît que précieuse, il faudra que j'aille lui dire que je n'ai jamais rien vû de si beau qu'elle. Ah ! je ne le pourrai jamais ; je suis trop vrai pour être poli.

VENUS.

Qu'est-ce qu'a de commun la politesse avec la fausseté ? Un homme poli n'est que poli ; est-il nécessaire qu'il soit faux ?   MARS.

MARS.

Oui, belle Déeffe, la politeffe eft un beau nom qu'on donne à la fauffeté ; car les vices utiles ont toûjours de beaux noms. Dites-moi, je vous prie, ce que c'eft qu'être poli ? N'eft-ce pas témoigner à toutes fortes de gens qu'on les aime, qu'on les eftime, & qu'on ne cherche que les occafions de leur rendre fervice ? Or je vous foûtiens qu'il n'y a perfonne, fi bon qu'il foit, qui aime & eftime tout le monde, & qui foit difpofé à l'obliger. Je gage que qui voudroit réduire à leur jufte mefure les difcours des gens polis, (je parle des plus finceres) je gage qu'il feroit obligé d'en rabattre les trois quarts.

Voilà

Voilà donc de la fausseté de la part des gens les plus vrais, lorsqu'ils se mêlent d'être polis. Voyez maintenant ce que c'est que la politesse, & après avoir connu la Nature de cette qualité dont on fait tant de cas, jugez si je dois songer à l'acquérir.

VENUS.

N'importe, il faut être poli ; dût-on être faux. La politesse est le lien de la société : c'est elle qui me fit voir l'autre jour du haut de l'Olympe deux Auteurs qui se loüoient ; & deux Belles qui s'embrassoient ; & cette coûtume-là n'est-elle pas bien établie, qu'on paroisse s'estimer pendant qu'on se méprise ?

MARS

Mars.

Mais ne vaudroit-il pas mieux
se dire naturellement ce qu'on pense, & se marquer les dispositions
où l'on est, que de se mettre dans
la triste nécessité d'être toûjours
en garde les uns contre les autres?

Venus.

Non, cette sorte de sincérité
auroit des suites facheuses, & la
politesse a sagement fait d'en prendre la place; je sais bien que vous
avez à dire que la politesse trompe
les hommes: mais ne voilà-t-il pas
un grand malheur, ils ne sont jamais si aises que lorsqu'ils sont dup-
pes. N'avez-vous jamais pris garde
qu'ils passent toute leur vie à tromper & à être trompés? Ils sont si
char-

charmés de cet exercice, qu'ils ont fait une vertu de la politeſſe, ſource d'erreurs & de plaiſirs pour eux.

MARS.

Vous avez raiſon, la politeſſe eſt une ſource d'erreurs, elle eſt même un menſonge continué; car on ne ment pas ſeulement par les diſcours, on ment encore par les manieres; & c'eſt ſurtout dans les manieres que conſiſte la politeſſe. Mais cette politeſſe, malgré les avantages que vous prétendez qu'elle procure, ne laiſſe pas d'être bien dangereuſe; elle eſt le maſque de la méchanceté, & les hommes paient quelquefois bien cher le plaiſir qu'ils ont à être trompés.

VENUS.

D'accord, la politeſſe par les vertus qu'elle repréſente & qu'on n'a pas, fait tirer du profit des vices, dont on dérobe la vue, & dont on fait uſage.

DIALOGUE.

DIALOGUE VIII.

JUNON & VENUS

Sur la Jalousie & sur l'Inconstance.

VENUS.

VOus devriez bien avoir honte d'être jalouse au point que vous l'êtes. Quels maux n'avez-vous point fait souffrir à Isis ? Et ne diroit-on pas qu'elle étoit coupable de l'outrage que Jupiter avoit fait à vos charmes ?

JUNON.

Que voulez-vous ? Le sentiment de la jalousie est naturel.

M   VENUS.

VENUS.

On le fait, il nous eft même donné pour nos intérêts. C'eft un moyen dont la Nature nous gratifie, pour nous faire obtenir un bien malgré ceux qui voudroient nous le difputer; ou pour nous aider à le défendre, après que nous l'avons acquis, contre ceux qui voudroient nous l'enlever.

JUNON.

Hé bien donc, me voilà juftifiée.

VENUS.

Nullement; la Nature qui nous avertit par la jaloufie de nous tenir fur nos gardes, veut que nous taifions fes faveurs; autrement elle nous punit de notre indifcrétion.

Il

Il faut être jaloux, & ne le point paroître ; sans cela, ce qui nous est donné pour nous servir, sert justement à nous nuire. Il y a dans la jalousie une espece de défiance de nous-mêmes qui nous déclare indignes de ce que nous possédons. De plus, nous ne saurions être jaloux, que nous ne marquions une crainte de perdre un objet qui lui assûre & augmente les droits qu'il avoit sur nous. La jalousie qui lui annonce l'excès de notre tendresse, ne lui laisse pas appréhender que nous lui échappions, & nous ôtons de son cœur l'ame de l'amour, je veux dire l'inquiétude.

JUNON.

Vous voilà bien instruite sur ces

M 2   ma-

matieres, & il me semble que vous
êtes devenue bien raisonneuse.

VENUS.

Vous ne feriez pas trop mal de
vous instruire aussi sur ces mêmes
matieres : il faut être plus coquette
pour se faire aimer d'un mari que
d'un amant.

JUNON.

Hé bien, quand j'aurois été aussi
coquette que vous, aurois-je pû me
garantir de l'inconstance de Jupiter ? Non, j'étois sa femme.

VENUS.

Il est vrai ; vous aviez-là un
grand défaut : mais du moins vous
eussiez soûtenu sa constance ; &
différé son infidélité : Enfin quand
vous l'auriez vû volage, qui vous
auroit

auroit empêché d'être infidele ?
N'aviez-vous pas pour changer les
mêmes raisons que lui, la raison
naturelle de l'inconstance, & ne
vous fournissoit-il pas encore celle
de la vengeance, qui vous justifioit
pleinement ? Ah ! vraiement les
femmes n'attendent pas comme
vous tant de raisons pour pouvoir
être infideles.

JUNON.

Ah ! quand on a eu des sentimens pour un objet, il me semble
qu'il y a de l'injustice à les lui ôter.

VENUS.

Vous êtes folle : c'est une fort
sotte qualité que la constance, &
qui n'a rien de glorieux. Elle met
l'ame dans une espece d'esclavage ;

n'est-

n'eſt-ce pas toûjours le même objet
qui diſpoſe de notre bonheur ? Pour
moi je n'aimerois point à n'être
heureuſe qu'autant qu'il plairoit au
caprice des autres.

JUNON.

Eſt-ce dépendre d'un objet que
de demeurer attaché à lui, lorſqu'il a de nouveaux plaiſirs à nous
fournir ? S'aviſe-t-on d'être fidele,
lorſqu'on ne ſe trouve pas bien de
l'être ?

VENUS.

Il eſt toûjours ſûr que la conſtance a un grand défaut : elle marque de la proportion entre nos deſirs & leur objet. Un cœur conſtant
n'avoue-t-il pas qu'il a de certaines
bornes preſcrites qu'il ne ſauroit
passer

paſſer tandis qu'un inconſtant par
la ſucceſſion de ſes deſirs témoigne
que rien n'eſt capable de le remplir , ni digne de le contenter ? De
plus , la conſtance ſuppoſe preſque
toûjours de la foibleſſe , & de l'en-
gourdiſſement dans le cœur ; il ne
demeure d'ordinaire attaché à un
objet , que parce qu'il n'a plus la
force de courir après d'autres. Car
enfin quel intérêt auroit-on à être
conſtant? Et ne ſait-on pas qu'il n'y
a que les nouveaux objets qui aient
quelque choſe de vif à préſenter.

JUNON.

Auſſi les avez-vous toûjours fort
aimés.

VENUS.

Je le devois ; l'inconſtance eſt
une

une espece de justice distributive :
chaque objet aimable mérite son
tribut particulier ; on le paie par
l'inconstance.

JUNON.

Si vous continuez, vous aurez
bien-tôt pratiqué toutes les vertus :
Vous voilà déjà la plus juste personne du monde.

VENUS.

Je vous dirai encore que je suis
fort sage, & que j'entre parfaitement dans les vuas de la Nature :
Elle veut qu'on soit inconstant.
On le voit bien par le furieux
penchant qu'elle nous a donné au
changement. Hé quoi ! n'est - ce
pas ce desir inquiet, qui s'exerçant
sur toutes les passions , donne à
l'Univers

l'Univers cette variété qui l'embellit, & à la Société la perfection dont elle est capable? N'est-ce pas encore à ce penchant volage que nous devons ce mouvement continuel, par qui nous nous dérobons à l'ennui qui saisiroit un cœur qui n'auroit rien à desirer? L'inconstance par l'agitation qu'elle donne, est le supplément du bonheur, & nous tenons d'elle la meilleure maniere d'en joüir, qui est de le chercher. Disons encore, qu'en répandant ses avantages sur le bien particulier, l'inconstance travaille aussi pour le général. La coûtume de la Nature est de ne rien faire pour l'un, qu'elle ne fasse tourner au profit de l'autre.

N   DIALO-

DIALOGUE IX.

MINOS & RHADAMANTE
Sur l'Héroïsme.

MINOS.

JE surpris l'autre jour Achille & Therſite qui ſe querelloient.

RHADAMANTE.

Il eſt bien ridicule de ſe que-reller ici.

MINOS.

Oh! les morts, tous morts qu'ils ſont, ont bien de la peine à vivre enſemble.

RHADA-

RHADAMANTE.

Hé, que pouvoit dire le lâche Therſite au vaillant Achille?

MINOS.

Il prétendoit avoir mérité mieux que lui le nom de Grand-Homme. Auſſi diſoit-il qu'il comptoit bien qu'on lui rendroit ici la juſtice qu'on lui avoit refuſée ſur la terre; qu'après tout il n'étoit point ſurpris du tort qu'on lui avoit fait, qu'on y étoit en poſſeſſion de raiſonner de travers ſur tout. Enſuite il ſoûtint que la valeur, telle qu'on la demande dans les Grands-Hommes, étoit une eſpece de férocité ſtupide. Il dit, s'il m'en ſouvient, que les Grands-Hommes ne s'abandonnoient au danger que parce

N 2   qu'ils

qu'ils ne le connoiſſoient pas : Que,
par exemple, ils ne s'expoſoient à
la mort que parce que la vûe de la
mort ne faiſoit pas ſur eux l'impreſſion qu'elle devoit faire ; qu'un lâche étoit plus raiſonnable , qu'il
avoit aſſez de délicateſſe pour ſentir
le danger , & aſſez de prudence
pour s'en ſauver par la fuite.

RHADAMANTE.

Eh que diſoit à tout cela le grand
Achille ?

MINOS.

Il étoit fort choqué de ſe voir
dépouillé en un moment de toute ſa
gloire : Il me dit fort ſérieuſement
qu'il ne devoit point être permis
d'attaquer ainſi les Héros ; que le
nombre , qui en étoit déjà bien
petit

petit, diminueroit étrangement, si l'on ne le respectoit pas plus qu'on faisoit. Aussi-tôt je fis taire Thersite, sur le besoin que je sai qu'on a de ces Messieurs-là.

RHADAMANTE.

Mais quoi qu'en dise Thersite, la valeur n'est-elle pas une vertu?

MINOS.

Je ne sai si c'en est une : mais en tout cas elle s'établit sur la ruine de plusieurs autres ; c'est la destinée des belles qualités d'être toûjours payées par des défauts.

RHADAMANTE.

Comment ; on ne sauroit faire acquisition de quelque vertu, qu'on n'en fasse en même-tems de quelque vice?

N3　MINOS.

MINOS.

Vous l'avez dit, il n'y a pas jusqu'aux qualités de l'esprit qui se combattent, & l'on ne sauroit avoir les unes qu'aux dépens des autres. Mais revenons à la valeur : N'exclut-elle pas la sensibilité & la prudence, qui ne permet jamais qu'on s'oppose au danger par la force, quand on le peut éviter par l'adresse ?

RHADAMANTE.

Mais enfin avec ces vertus & ces vices, puisque vous voulez qu'ils se tiennent, on est Héros.

MINOS.

D'accord : mais croyez - vous qu'il en coûte tant pour être Grand-Homme. Savez-vous bien ce que c'est c'eſt que ces Meſſieurs-là ? Ce ſont des gens , qui dominés par des paſſions vives , & pouſſés par des ſecouſſes violentes ſont portés à des choſes extraordinaires , & que le reſte des hommes n'oſe entreprendre. Si ces mouvemens vifs les pouſſent par bonheur à des actions utiles à la ſociété , & qu'on nomme par conſéquent vertueuſes , les voilà Grands-Hommes : mais auſſi que de pareils mouvemens les portent à des actions contraires à la Société , les voilà grands ſcélérats. Les Grands-Hommes ne mettent d'ordinaire preſque rien du leur pour être ce qu'ils ſont.

DIALOGUE X.

MERCURE & CALLIOPE,

Qu'il ne faut point trop examiner les passions pour être heureux.

MERCURE.

JE ne vous croyois pas si belle que vous êtes ; je m'étois toûjours imaginé que vous & vos sœurs aviez abandonné aux autres Déesses le mérite de la beauté ; & en cela il y auroit une espece de justice : N'êtes-vous pas déjà assez recommandable par l'excellence de votre esprit ?

CAL:

CALLIOPE.

Hé, peut-on posséder trop d'avantages ?

MERCURE.

Que voulez-vous ? J'aurois quelque intérêt à vous trouver moins aimable ; votre beauté fit sur moi l'autre jour d'étranges impressions, & il me fallut des réflexions très-sérieuses pour m'empêcher de vous aimer.

CALLIOPE.

Sans doute ma vertu vous rebuta, & vous ne voulûtes pas vous mettre au hasard de voir vos desirs mal satisfaits.

MERCURE.

Non, je vous assûre ; entre nous autres Dieux, nous connoissons la vertu,

vertu, & ne la craignons guère.

CALLIOPE.

Qui put donc vous arrêter?

MERCURE.

Je songeai que vous aviez trop d'esprit, & une sorte d'esprit trop raisonnable : Cela seul fut capable de m'empêcher de vous aimer.

CALLIOPE.

Je ne vous comprens pas. L'esprit, ce me semble, est une qualité qu'on est bien aise de trouver dans une personne qu'on aime, & qu'on lui trouve à redire quand elle ne la possede pas.

MERCURE.

Tant pis; l'esprit, & surtout celui de réflexion, ne sied point en amour; il est là tout-à-fait hors de

sa place. Il vient toûjours se mêler
de nous éclairer sur bien des choses
qu'il seroit à propos que nous igno-
rassions. Par exemple , si je vous
aimois , j'irois selon la coûtume
vous jurer une fidélité éternelle ;
aussi-tôt vous ne manqueriez pas
de vous moquer de moi , qui voudrois vous donner mes dispositions
actuelles , pour de sûrs garans de
celles que j'aurois à l'avenir. Ce
n'est pas-là tout, lorsque je vien-
drois à vous vanter mon amour , &
que plein de ma tendresse je vous
promettrois de faire tout pour vous,
vous vous mettriez encore à rire :
Vous iriez me remontrer qu'on ne
fait jamais rien pour la personne
aimée ; & ne voulant pas convenir

nir du défintéreffement de mon amour, vous auriez la malice de me refufer toûjours le prix des facrifices que je pourrois vous faire. Voyez fi ce ne feroit pas un commerce bien froid que le nôtre, & ce que nous vaudroit votre efprit.

CALLIOPE.

Sur ce pié-là ce n'eft pas un grand avantage d'avoir de l'efprit.

MERCURE.

Vraiment non, & furtout de celui qui s'occupe à examiner les paffions; il faut fe contenter d'en fentir les mouvemens, on eft perdu quand on vient à les connoître. Voyez Pfiché, elle voulut connoître l'Amour; cependant l'Amour lui avoit recommandé de demeu-

rer

rer fur fon chapitre dans une parfaite ignorance. Que lui en arriva-
t-il pour n'avoir pas voulu le croire ? Elle perdit fes plaifirs. Nous
fommes tous faits comme Pfiché :
il ne nous fuffit pas d'être heureux,
nous voulons favoir encore comment nous le devenons. On diroit
que nous avons peur que la Nature ne nous égare ; nous voulons
éclairer fes démarches ; n'eft-il pas
jufte que nous en foyïons punis, &
que la perte de nos plaifirs la vange
de notre défiance ?

CALLIOPE.

Pourquoi auffi la Nature nous
a-t-elle faits curieux ?

MERCURE.

Hé bien, exerçons notre efprit
fur

sur des choses indifférentes, & ne payons que de cette maniere-là le tribut de curiosité qu'exige de nous la Nature.

CALLIOPE.

Ah ! ce n'est pas assez pour notre esprit que des choses indifférentes. Hélas ! pourquoi la Nature en nous donnant des passions qui suffisoient pour nous rendre heureux, nous donne - t - elle une raison qui ne nous permet pas de l'être ?

DIALOGUE

DIALOGUE XI.

HERCULE & MORPHÉE

Sur la Paresse.

MORPHÉE.

HÉ, c'est donc vous, Seigneur Hercule, vous qui faisiez trembler toute la Terre ?

HERCULE.

Il est vrai, j'étois assez méchant quand je m'y mettois : j'ai tué tous les monstres que j'ai trouvé, j'ai purgé l'Univers de brigans ; enfin jamais mortel n'a fait de si belles choses que moi : aussi Jupiter m'a-

m'a-t-il jugé digne du Ciel. A vous
dire vrai, je n'ai pas encore eu
bien le tems de m'y reconnoître :
j'ai toûjours été occupé à boire du
nectar pour me délasser de mes
travaux. En vérité, c'est un métier bien fatiguant que celui de
Héros.

MORPHÉE.

Je l'avoue, mais vous preniez
soin de vous reposer quelquefois :
par exemple, vous eûtes le loisir
de prendre haleine avec Omphale,
vous passâtes un tems raisonnable
à filer avec elle.

HERCULE.

On m'a fort reproché cela ; cependant je ne sai pas sur quoi fondé. Quoi, parce qu'on est Héros,

il

il ne sera pas permis d'être sensible? Voyez un peu le beau raisonnement.

MORPHÉE.

Laissez dire le monde, pour moi je trouve que c'est le temps que vous avez le mieux employé. Qu'aviez-vous affaire d'aller tuer des monstres qui ne vous disoient mot? Vous eussiez bien mieux fait de passer délicieusement votre vie avec une jolie femme.

HERCULE.

Ce n'est pourtant pas là le plus bel endroit de ma vie, & je sai que cette circonstance a apporté quelque diminution à ma gloire. Il eût été bien plus beau d'entrer dans le Ciel, pur & exempt de toute foiblesse.   O.   MOR-

MORPHÉE.

Ecoutez, je suis le Dieu de la paresse, & ce que je vais vous dire pourra vous être suspect : mais l'intérêt que j'ai à soûtenir ma cause, ne doit rien lui faire perdre de sa bonté. L'ambition qui a été votre passion dominante, ne fait pas tant d'honneur qu'on diroit bien à ceux qui s'en laissent posséder : elle marque le besoin qu'ils ont des autres ; & les met dans l'engagement de se sacrifier aux caprices de leur opinion. La paresse a quelque chose de plus grand ; elle ne permet point qu'on dépende.

HERCULE.

Ah ! ne me parlez point de votre paresse, c'est une vilaine chose.

MOR-

Morphée.

Vous n'y êtes pas encore , & je veux vous dire quelque chofe qui va vous paroître bien plus extraor-dinaire & que néantmoins je re-garde comme vrai. La pareſſe eſt la ſeule qualité qui mérite le nom de vertu , & qui renferme de la perfection. La ſituation où nous met la pareſſe , marque que nous ſommes tels qu'il faut pour être heureux. En effet , l'ame ne fixe ſes diſpoſitions que lorſqu'elle a ſujet d'en être contente : elle ſon-geroit bien-tôt à ſe déplacer , ſi elle ne s'accommodoit pas de la ſi-tuation où elle eſt. Voyez Jupiter, il ne lui faut rien d'étranger pour ſa ſouveraine félicité ; il demeure

O 2   dans

l'état où le met le privilége de fon
effence. Donnez - lui du mouvement, fupofez-le avec de l'inquiétude, vous cefferez de le regarder
comme fouverainement parfait. La
pareffe eft la feule qualité de l'ame
qui puiffe marquer de l'excellence
& de la perfection dans fa nature.

HERCULE.

Mais tout ce qu'on appelle vertu
va à combattre la pareffe.

MORPHÉE.

'Auffi toutes les vertus fuppofent-
elles de l'imperfection : elles nous
font toutes afpirer à quelque chofe
que nous ne poffédons pas, & par-
là deviennent autant de preuves de
notre indigence. La pareffe nous
laiffe tels que nous fommes, &
prouve

prouve qu'il ne nous manque rien.

HERCULE.

Eh bien, s'il nous manque quelque chose, les passions nous le donnent ; ne nous rendent - elles pas heureux ?

MORPHÉE.

Oui, elles veulent nous le rendre, & souvent ne le font pas ; mais la paresse nous le suppose toûjours.

DIALOGUE

DIALOGUE XII.

MOMUS & POLLUX

Sur l'Amitié.

POLLUX.

AH! tout ce que le Ciel a de séduisant pour un mortel n'a rien qui égale les charmes de l'amitié; & je quitterois Jupiter d'une immortalité que je ne partagerois pas avec mon cher Castor.

MOMUS.

Voilà bien de l'éloquence pour vanter une chimere.

POLLUX.

Comment ! vous appellez chimere

mere ce qu'il y a de plus doux dans
la vie? Que je vous plains, Momus,
de ne pas connoître les douceurs
d'une amitié parfaite. Quels charmes pour un cœur de s'épancher
dans celui d'un ami ! C'est-là que
les plaisirs prennent une nouvelle
vivacité ; c'est-là que se vont perdre des chagrins partagés tendre-
ment. Exempte des bisareries de l'a-
mour, l'amitié en a quelquefois les
transports ; & parcequ'elle est sage,
n'allez pas croire qu'elle ait toûjours cette secheresse dont on l'accuse.

MOMUS.

Eh bien, que voulez-vous dire ?
Que l'amitié est quelquefois une
passion agréable, sans doute elle est

agréa-

agréable : mais en est-elle moins une chimere ? Sachez, mon cher Pollux, que la Nature en formant le cœur des hommes y a jetté une semence de haine qui les rend incapables d'une amitié parfaite, & ne sentez-vous pas que nés malheureusement avec les mêmes droits sur tous les biens que leur présente la Nature, les voilà Rivaux, & dès-là ennemis nés les uns des autres.

POLLUX.

Mais si cela est, comment les hommes ne s'étranglerent-ils pas au premier moment qu'ils se virent ?

MOMUS.

Heureusement cela n'arriva pas; les hommes ambitieux, mais sages, firent entr'eux une espece de paix :

on

on convint de partager les biens ;
les plus forts firent le partage , &
vous jugez bien qu'ils ne s'oublie-
rent pas; les foibles fans renoncer à
leurs droits, s'en relâcherent par né-
ceſſité. Que fit-on encore ? Obligé
de vivre enſemble , & ayant intérêt d'y vivre le moins déſagréa-
blement qu'il feroit poſſible , on
étouffa tout mouvement qui pouvoit porter à la révolte ; les léſés
prirent patience ; car il fallut pour
l'intérêt commun, que chacun gar-
dât exactement le traité de paix.
Pour mieux cimenter cette paix, &
pour plus grande marque de récon-
ciliation , on ſe donna de part &
d'autre des témoignages de bien-
veillance; on crût preſque qu'on en

P   avoit

avoit , & la nécessité d'avoir les
apparences de l'amitié, a depuis été
telle qu'on s'est flaté & qu'on se
flate encore d'en avoir les sentimens : mais à la moindre épreuve
ces beaux phantômes d'amitié s'é-
vanoüissent : on se trouve , & l'on
en est honteux , s'aimant quelquefois dans les autres ; n'aimant
réellement que soi , & quand la
corruption a bien gagné le cœur
s'aimant à découvert & s'aimant
sans reserve.

POLLUX.

Vous avez raison , Momus , &
il n'est que trop vrai, que fondés
par les mouvemens de notre cœur
à joüir de tous les biens qui sont
sous nos yeux , l'Univers tout
grand

grand qu'il est , ne l est pas encore trop pour nos desirs : mais
prenez garde que la Nature qui
nous a donné un sentiment fait
exprès pour nous , & qui ne regarde que nous , a eu en même-
tems la précaution de nous en donner un d'une autre espece , qui a
pour objet l'avantage & le profit
des autres. Pour qui est fait , par
exemple , le sentiment de cette
gloire qui ne nous vient qu'après
le trépas ? ce n'est pas assûrement
pour nous. L'amour propre éclairé
comme il est sur ses intérêts , n'iroit
pas négliger tous les biens dont il
peut joüir pendant une longue suc-
cession d'années pour celui dont il
ne joüit qu'un instant , & qui fait

la

la ceſſation de ſon être. N'a-t-on
pas vû des amis donner leur vie
pour leur ami ? Que pouvoit-il, eux
n'exiſtant plus, revenir à leur a-
mour propre, qui pût les payer
d'un tel ſacrifice ? Combien d'A-
mans ſe ſont immolés à leurs
Maîtreſſes ; eſpéroient-ils recueillir
après leur mort le fruit de leur ſacrifice ? Combien ſecourt-on tous
les jours de miſérables, dont on
n'attend ni ſervice, ni reconnoiſ-
ſance ; or je vous demande, ſi l'on
ne tient réellement qu'à ſoi, pourquoi ne pas les laiſſer mourir ? On
en aura moins de concurrens, &
la part qu'on aura aux biens de la
Nature, en deviendra plus grande.

MOMUS.

MOMUS.

Je me rends , & j'avoue de bonne foi , que le sentiment qui nous fait ramener tout à nous , à été corrigé très prudemment par un autre qui regarde le bien d'autrui.

POLLUX.

Ah ! la Nature est fort prudente ; elle ne nous a laissé manquer de rien de tout ce qui lui a fallu : il étoit à propos que nous nous aimassions nous-mêmes. On ne nous reprochera pas je crois de ne nous pas aimer assez. Il falloit d'un autre côté que le sentiment qui nous porte à nous aimer nous-mêmes eut des bornes : sans cela plus de société. Qu'a fait la Nature ? Elle a tempéré le sentiment de l'amour

P 3   pro-

propre par un autre sentiment, qui ayant un objet plus général nous ramene au bien de la société, nous oblige malgré nous à travailler pour elle. A ces deux sentimens il étoit à propos que la Nature pour l'achevement & la perfection de son ouvrage en joignit un troisieme. Voyez avec quelle exactitude elle nous le donne; il est avantageux que les hommes, se reproduisant & se succédant les uns aux autres, remplissent une terre qu'elle veut qui soit habitée, elle les engage sur le moment à entrer dans ses vûes par un attrait de plaisir auquel il leur est difficile de se refuser, elle veut encore que les hommes fournissent une certaine carriere d'années, &

comme

comme leurs forces n'étant point renouvellées , les feroient périr plutôt qu'elle n'a réfolu , elle leur en ordonne la réparation par un fentiment qui récompenfe auffitôt leur obéiffance. Ce que je trouve de merveilleux en elle , c'eft qu'auffi attentive , qu'induftrieufe, elle leur donne des befoins plus ou moins vifs , & cela toûjours à proportion de l'intérêt qu'elle a à les faire agir.

MOMUS.

Je vous entens ; vous diftinguez fort judicieufement trois fortes de fentimens que la Nature donne aux hommes. Le premier qui a pour objet leur bien particulier , leur eft donné à l'exclufion de

P 4   celui

celui des autres. Le second va di-
rectement à l'avantage d'autrui, &
tourne ensuite au profit particulier, parceque, dites-vous, la Nature n'exige point qu'on la serve
gratuitement. A l'égard du troisieme, il paroît que la Nature en nous
le donnant n'a songé qu'à elle,
c'est-à-dire à l'exécution de ses
desseins & à la perfection de son
Ouvrage. Quant à l'amitié qui a
fait le premier sujet de notre conversation, je n'ai pas besoin de
vous dire que le sentiment ne nous
en ayant été donné que pour affoi-
blir & pour corriger celui de l'a-
mour propre. Cette amitié que
vous avez peinte avec de si belles
couleurs, que vous disiez si parfaite,

te, n'eſt qu'un bel être de raiſon & de votre propre aveu eſt déclarée chimere.

POLLUX.

Je l'avoue : auſſi l'amitié parfaite n'a t'elle point été néceſſaire à la Nature : mais il me ſemble qu'elle eût été bien néceſſaire à notre bonheur.

MOMUS.

Eh, qu'importe à la Nature que les hommes ſoient heureux , & c'eſt bien leur bonheur qui l'embarraſſe : mais en recompenſe avec quel ſoin, quelle habileté ne travaille-t'elle pas à ce qui la regarde? Que d'adreſſe, que d'intelligence , que de ſageſſe dans ſa conduite ! Admirez ces trois ſentimens, dont

deux

deux deſtinés à ſe combattre, ſont entr'eux une eſpece d'accord, & c'eſt cet accord qui fait la magnificence & la perfection de ſon Ouvrage.

POLLUX.

Je ſuis de votre avis, Momus, & les choſes ſe paſſent dans le Moral comme dans le Phiſique. Des liqueurs ſéparées ont quelquefois des qualités inutiles, & ſouvent dangereuſes; qu'on les mêle, elles en acquierent d'utiles.

DIALOGUE

DIALOGUE XIII.

DIANE, VENUS & MOMUS.

Que le bon gagne quelquefois à être uni d'une certaine façon à ce qu'on appelle du mauvais.

VENUS.

DÉESSE, vous ne méritez pas d'être si belle que vous êtes, & tant d'agrémens ne vous ont point été donnés pour être sage. La beauté est un pouvoir de faire des malheureux qu'accorde la nature ; mais elle ne veut point qu'on en abuse.

DIANE.

DIANE.

Il m'eſt bien doux d'être loüée
ſur la beauté par celle qui en eſt la
Déeſſe : mais je méritois un peu,
ce me ſemble, d'être loüée ſur ma
ſageſſe.

VENUS.

Ah! n'attendez pas de moi des
loüanges ſur votre ſageſſe; la beauté eſt un bien dont nous n'ayons la
propriété que pour en faire uſage;
& ſi vous y prenez garde, votre
ſageſſe eſt une avarice toute pure.
Pourquoi eſt-on belle? N'eſt-ce pas
pour faire des Amans? Et pourquoi faire des Amans, ſi ce n'eſt
pour faire des heureux?

DIANE.

On vous doit être bien obligée
du

du motif qui vous fait renoncer à
la vertu : mais cette forte de générofité dont vous vous faites honneur, ce defir impatient de faire
des heureux, fait bien des ingrats :
car enfin quel cas fait on d'une belle perfonne qui prodigue fa beauté ? Un bien qui n'eft plus rare n'eft
plus précieux, & les faveurs qui
ne diftinguent plus, ceffent bien-
tôt de flater.

VENUS.

Mais enfin quand on a fait ce
qu'on a pû pour rendre le monde
content, on n'eft pas tenu à davantage, & l'on a la fatisfaction d'avoir
fait fon devoir, & puis il eft toûjours fûr que ce qu'on met de trop
dans fes faveurs, eft préférable à.

la

la sotte barbarie que vous exercez sur les autres, & qui pis est sur vous-même.

DIANE.

Ah! c'est cette barbarie qui nous vaut la gloire.

VENUS.

Voilà ce que je ne conçois pas; & il y a une bisarerie dans les idées des hommes dont je ne saurois rendre raison. Ils ont attaché leur gloire à se rendre utiles les uns aux autres. Un Conquérant qui court les dangers, & qui sacrifie sa vie au bien de la Société, est comblé de gloire : Un Savant, qui pour faire une découverte utile, renonce à tout ce qu'on nomme plaisirs, reçoit des hommes toute l'estime dont

dont ils sont capables : Une Belle
qui voudroit imiter ces Messieurs,
& qui serviroit le Public autant
qu'il seroit en elle, seroit déshono-
rée. Chose plaisante ! La gloire des
hommes est de servir au bien général, & la gloire des femmes, qu'on
nomme l'honneur, est de s'y refuser.

M o m u s.

Me seroit-il permis, belles Déesses, d'entrer dans votre conversation ?

D I A N E.

Volontiers, & je vous fais Juge
de notre différend. Voici le fait.
Nous en étions Venus & moi à justifier notre conduite, & selon la coûtume, nous soûtenions chacune

que

que la nôtre étoit la meilleure. Venus vouloit que je lui cédaſſe, parceque, diſoit-elle, elle étoit plus
utile que moi, & qu'une conduite
n'étant eſtimable que par l'utilité
qu'elle produiſoit, il étoit ridicule
que je ſongeaſſe à lui diſputer quelque choſe.

MOMUS.

Venus a tort : mais auſſi vous
n'avez pas tout-à-fait raiſon, & il
y a quelque choſe à redire à la conduite de toutes les deux. Vous êtes
trop ſage, & Venus ne l'eſt pas
aſſez.

DIANE.

Que voulez-vous dire ? Peut-on
être trop ſage ?

MOMUS.

Momus.

Oui, on peut être trop fage, la fageffe n'eft faite que pour corriger le vice qui lui eft oppofé, & pour lui donner l'affaifonnement qui lui eft néceffaire. Une fageffe fi pure n'eft pas du goût des hommes. Hé, comment le feroit-elle ? elle eft contraire à leurs deffeins.

Diane.

Momus veut me pervertir : mais il eft galant, & veut juftifier Venus.

Venus.

Croyons-en Momus, & donnons-nous l'une à l'autre ce que nous avons de trop pour devenir bien aimables. Ce n'eft pas d'ordinaire par ce qu'on a de plus efti-

Q   mable

mable que l'on plaît davantage : & il y a souvent des défauts que nous perdons à ne pas avoir. Ce qu'il y a de certain, c'est qu'une bonne chose en devient meilleure, lorsqu'elle est unie d'une certaine façon à une mauvaise ; & il semble que la vertu ait besoin, pour faire tout son effet, du mélange du vice, comme le vrai a quelquefois besoin du secours du faux pour paroître avec avantage.

DIANE.

Cela ne se peut pas ; car, selon votre raisonnement, les vices deviendroient aussi nécessaires que les vertus, & il n'y a pas d'apparence que les vices soient nécessaires, après le soin qu'on prend de les décrier.

DIALOGUE

DIALOGUE XIV.

MARS & APOLLON.

Que le titre de Bel-Esprit est un obstacle au bonheur d'un Amant.

APOLLON.

D'Où vient, Dieu des Combats, que je suis si maltraité de l'Amour? Je n'ai presque jamais aimé que je n'aie été rebuté. Vous souvient-il comme je fus reçu de Daphné? Cependant il me semble que je n'ai rien qui doive faire fuir une Belle.

MARS.

Bien-loin de cela, vous êtes fort

aimable : vous avez les cheveux tout-à-fait beaux ; vous êtes fait à peindre, & nous n'avons personne ici qui vous soit comparable en beauté. Je ne parle point de mille autres avantages que vous possédez, comme de joüer du luth, & de faire parfaitement des Vers.

APOLLON.

Hélas ! tous ces agrémens qui composent un Amant aimable, ne m'ont jamais valu une conquête : Et vous qui ne vous piquez point d'avoir rien de ce qu'il faut pour plaire, vous vous êtes fait aimer de la plus belle de nos Déesses. Sérieusement quand je vous considere, je ne vois pas ce qui a pû vous mériter la préférence de Venus sur tant d'aud'autres Dieux qui lui faifoient la cour. Vous ne paffez pas pour fort poli, & je croi que vous négligez ces manieres tendres, qui foûtenues par la conftance, forcent un cœur rébelle. L'Amour & vous, vous reffemblez pourtant par quelques endroits, & c'eft ce qui auroit bien pû l'engager à vous favorifer. Vous n'êtes guere plus fage que lui : vous n'avez pas plutôt fait une conquête que vous en voulez faire une autre, & voilà juftement comme l'Amour eft fait. Vous faites bien du défordre auffi-bien que lui, & quelquefois même enfemble, témoin la guerre de Troie dont il fut la caufe. De plus, dans l'amour il fe fait une efpece de guerre, où l'on

l'on attaque & où l'on se défend.
Comme vous êtes dans l'habitude
d'attaquer, vous le faites sans doute mieux qu'un autre.

MARS.

Je suis charmé d'apprendre que
j'ai tant de ressemblance avec l'A-
mour ; cela va me donner un air de
confiance qui ne sied pas mal à un
Amant. Cependant malgré le nouvel avantage dont vous venez de
me gratifier, il me semble qu'il
vous convenoit mieux qu'à moi
d'être heureux. Plus j'y pense, &
moins je puis concevoir pourquoi
vous avez été si maltraité de Daphné. Cette fille-là étoit bien difficile.

APOLLON.

APOLLON.

Je ne fai pas non plus ce qui a
pû m'attirer fon averfion.

MARS.

Voulez-vous que je vous le dife :
vous avez un titre dont nous n'a-
vons pas parlé, que je foupçonne-
rois de vous avoir fait tort. Vous
êtes le Dieu des Beaux-Efprits,
cette qualité-là, toute honorable
qu'elle eft, auroit bien pû caufer
l'injuftice qu'on vous a faite. L'efprit donne à celui qui le poffede
un air de fupériorité, dont s'accommode mal le beau fexe. Il s'eft
toûjours vû en poffeffion de dominer, & il craint qu'on ne veuille
ufurper un empire qu'il croit mériter feul.

APOLLON.

APOLLON.

Voilà une crainte fort mal fon-
dée. La beauté ne donne-t-elle pas
fur les cœurs un pouvoir que rien
ne lui peut difputer ? Je ne deman-
derois que deux beaux yeux pour
confondre l'orgueil d'un homme
d'efprit, fi vain qu'il pût être.

MARS.

Vous voyez pourtant par votre
exemple qu'on n'a pas grande difpofition à les aimer. Pour moi, je
croi que les Belles font toûjours fur
la défenfive avec eux ; comme l'efprit fournit des moyens pour les
féduire, elles craignent qu'un A-
mant inftruit fur le jeu des paffions, ne croie tout devoir à fon
adreffe. Elles appréhendent qu'il
ne

ne se figure joüir d'elles comme par droit de conquête : Que sai-je, si elles n'ont pas la vanité de se persuader qu'un Amant ne pourroit jamais en triompher, si elles ne facilitoient sa victoire ? Enfin elles veulent bien le voir heureux : mais elles ne veulent point qu'il soit dit qu'elles ont été forcées à le rendre tel.

APOLLON.

Pour moi, je tiens qu'il y a plus d'avantage pour une Belle à se rendre à un homme d'esprit : le mérite de son Amant la sauve de la honte attachée à la défaite. Les agrémens qui ne sont point contestés ont cela de particulier, qu'on se livre avec bienséance à celui qui les possede.

R Les

Les femmes le favent bien, & elles
ont toûjours été perfuadées qu'il
ne falloit rien épargner pour juftifier leur foibleffe. Auffi voit-on
que pour leur honneur elles ont
grand foin de relever toutes les
qualités de leurs Amans : elles vont
même jufqu'à leur en donner qu'ils
n'ont pas, & cela fans doute pour
être en droit d'accufer quelqu'un
de la perte de leur cœur.

MARS.

Je vous entends. Une Belle doit
faire choix de quelque illuftre A-
mant, dont le mérite clairement
connu faffe pardonner fa foibleffe.
La précaution eft fage ; mais qu'arrive-t-il ? Elle ne fauroit en aimant
s'empêcher de relâcher une partie
de

de ses droits à son Amant. Lui prudemment a soin de les garder ; il se venge de l'empire qu'on a exercé sur lui : il prend avec sa Belle un air victorieux dont elle n'a point du tout lieu d'être contente. Enfin vous en direz ce qu'il vous plaira ; je suis persuadé que votre esprit vous fit tort , aussi-bien que tous vos talens : ils avertirent Daphné qu'elle eût à se tenir sur ses gardes , ils lui montrerent le péril qu'elle avoit à craindre. Si vous aviez été moins aimable , peut-être eussiez-vous été plus heureux : la foiblesse de son sexe , aidée du tems , vous auroit donné ce que des empressemens trop vifs , & des attaques redoublées , n'ont su vous faire ob-

R 2   tenir.

tenir. Ce n'eſt pas toûjours lorſqu'on ſe preſſe le plus qu'on avance davantage.

APOLLON.

Ah ! lorſqu'on a deſſein de poſſe-
der un cœur, il le faut attaquer :
Il faut qu'après avoir réſiſté, il ſoit
mis hors d'état de ſe défendre : il
faut le conquérir.

MARS.

Et ne vaudroit-il pas mieux attendre qu'une Belle nous fît préſent d'un cœur, dont ſûrement la
poſſeſſion la fatigue, que de venir ſe
montrer à elle armé de tout ſon
mérite ? N'y auroit-il pas plus d'a-
grément à tenir ſon bonheur de la
perſonne qu'on aime ?

APOLLON.

APOLLON.

Je ne fai fi cela feroit plus agréable ; mais au moins je fai qu'il eft beaucoup plus fûr de ne devoir fes plaifirs qu'à foi-même, & de fe les être acquis.

MARS.

A ce feul trait de vanité on vous reconnoîtroit pour un Bel-Efprit : Cependant pourvû que vous foyez heureux, qu'importe à qui vous deviez vôtre bonheur.

APOLLON.

Oh ! il nous importe beaucoup de ne le devoir qu'à nous-mêmes : Si nous l'attendions de la foibleffe naturelle du beau fexe, ce qui nous l'auroit donné pourroit auffi nous l'ôter. Mais voulons-nous donner

R 3   un

un fondement folide à nos plaifirs ;
faifons que notre adreffe nous les
procure : le mérite alors qui aura
eu le pouvoir de nous les faire obtenir, aura auffi celui de nous les
conferver. Croyez moi, le fentiment de vanité n'eft pas dans cette occafion-ci, ainfi que dans bien
d'autres, un fentiment fi ridicule.
Ce qu'il y a de bien entendu dans
la vanité, mene toûjours les hommes à leur intérêt ; & ce côté là ils
le tiennent de la Nature. Il eft vrai,
que la vanité leur fait quelquefois
faire bien des fottifes ; mais elle
n'eft point telle alors qu'elle doit
être. L'opinion mêle toûjours dans
les paffions quelque chofe d'étranger qui les gâte toutes.

DIALOGUE.

DIALOGUE XV.

APOLLON & MINERVE
Sur la Haine.

MINERVE.

QUOI, le service que vous rendit Corvus méritoit-il le triste changement de son plumage? Sont-ce-là les récompenses qu'on donne à l'amitié? Et deviez-vous reconnoître ainsi l'ardeur qu'il avoit eu à vous instruire de la trahison de Coronis?

APOLLON.

Ah! je ne le pouvois jamais assez

R 4   punir.

punir. Que lui avois-je fait pour m'enlever tous mes plaifirs? Et ne devoit-il pas me laifler une erreur qui m'étoit chere. Un beau fonge ne fauroit trop durer, & l'illufion dont on joüit n'a-t-elle pas la valeur du bien qu'on poffede?

MINERVE.

Mais la droiture de fon intention ne devoit-elle pas excufer le mauvais effet de fon zele?

APOLLON.

Hé! qui fait fi fon cœur n'étoit pas fecretement fatisfait de la perfidie qu'il m'annonçoit ; peut-être qu'il joüiffoit de l'infidélité qu'on me faifoit, & venoit m'en faire une efpece d'infulte.

MINERVE.

MINERVE.

Pourquoi lui donner de pareils motifs ?

APOLLON.

Ecoutez, je connois la malice du cœur humain. La douleur que cause les chagrins d'un ami, est furieusement combattue par la joie secrette qu'on a de se sentir exempt des maux qui l'accablent.

MINERVE.

Vous êtes bien aise d'avoir trouvé un prétexte à votre cruauté.

APOLLON.

M'en falloit-il d'autre que mon amour ? Non j'aimois trop Coronis pour n'être point barbare.

MINERVE.

C'est-à-dire, que l'excès de votre ten-

tendreſſe fit celui de votre vengeance, & vous vous réſolûtes ſans
regret à la faire mourir.

APOLLON.

Que voulez-vous ? Je ne perdois
rien en perdant Coronis : Elle ne
vouloit pas faire mon bonheur, je
ne voulois pas qu'elle fît celui d'un
autre.

MINERVE.

Vous direz ce qu'il vous plaira;
mais je ſuis ſûre que vous regretâ-
tes juſqu'à ſes rigueurs.

APOLLON.

Il eſt vrai, j'aurois toûjours voulu la voir; quand j'aurois dû la voir
infidéle, j'aurois eu le plaiſir de la
haïr.

MINERVE.

MINERVE.

Dites de l'aimer. La haine eſt une ſorte d'amour qui marque dans celui qui l'éprouve du mécontentement & de la vivacité : Cette paſſion entraîne avec elle de l'amour ou de l'eſtime.

APOLLON.

Que voulez-vous dire ? N'y a-t-il pas une ſorte de haine , qui ne ſuppoſant ni amour ni eſtime s'attache au contraire à des perſonnes que nous mépriſons ; mais que nous ſavons être dans des diſpoſitions qui ne nous ſont pas convenables ?

MINERVE.

Oui ; mais cette ſorte de haine eſt rare. La haine , d'ordinaire glorieuſe , rieufe, tombe fur les gens qu'on eftime. Je le fai par moi-même quand je punis Aracné de ce qu'elle vouloit faire affaut d'adreffe avec moi : Je la haïffois fort, & l'eftimois beaucoup. Tout ce qui nous difpute quelque chofe, mérite notre haine : Nous haïffons fûrement les gens qui ont les mêmes talens que nous : Nous haïffons encore un ami duquel nous avons un fujet effentiel de nous plaindre ; le moyen de s'en défendre, fa perfidie nous dérobe les plaifirs que nous fourniffoit fon commerce. Une Maîtreffe ingrate ou infidele, eft pour nous bien plus haïffable : Une ingrate refufe de faire notre félicité, une infidele refufe de la continuer ;

continuer ; alors l'amour s'affocie dans un cœur, à la haine, & l'on aime & l'on hait avec fureur.

APOLLON.

Mais on fe figure ne faire que haïr, quand on hait.

MINERVE.

Si l'on s'examinoit de près, on fe tireroit bien-tôt d'erreur ; toutes nos paffions font compofées, il n'en eft point qui le foit plus que la haine. Souvent trois ou quatre paffions bifarement afforties, nous déterminent à agir : & c'eft d'ordinaire celle qui y fert le moins qui a l'honneur de l'action.

DIALOGUE

DIALOGUE XVI.

MARS & VENUS

Sur la Délicatesse.

VENUS.

DEPUIS que je vous aime, je ne vous ai point trouvé tous les défauts qu'on vous donne, & quoi qu'on en dise, vous pouvez compter que vous êtes fort aimable : La conquête que vous avez fait de Venus en est une preuve autentique. Mais que voulez-vous? Il n'est point de passion qui ne s'use, & celle que j'ai eu pour vous

n'a

n'a pû se sauver de la Loi générale, qui veut que toutes les passions finissent.

MARS.

Oh ! vous ne m'apprenez rien que je ne sache, & vous avez dû vous appercevoir que j'étois instruit de votre inconstance. N'avez-vous pas remarqué que depuis quelque tems je n'osois plus me présenter devant vous ? J'avois un air interdit, & qui tenoit un peu du coupable. En effet, je ne saurois me souvenir des sentimens que je vous inspirois autrefois, sans être couvert de confusion de ne vous en plus inspirer de même. Je ne sai comment vous me pardonnerez l'indifférence dans laquelle

je

je viens de vous laisser tomber , &
vous devez effectivement trouver
mauvais que je cesse de vous rendre heureuse.

VENUS.

Il est nouveau qu'un Amant justifie lui-même l'inconstance de sa
Maitresse , & fasse des excuses à qui
lui fait infidélité.

MARS.

Quoi, aimeriez-vous mieux que
je vous traitasse d'ingrate & d'infidele ? Ah! j'ai pour cela des idées
trop saines sur l'amour. Je sai qu'il
y a de l'injustice à se plaindre des
Belles , lorsqu'elles cessent de nous
aimer : Ce seroit bien plutôt à elles
à se plaindre de nous , leurs reproches seroient bien mieux fondés
que les nôtres. VENUS.

VENUS.

Que voulez-vous dire ? Les
Amans font en poffeffion de mur-
murer contre une Maitreffe infidele, on ne leur a jamais difputé
le droit de fe plaindre.

MARS.

Tant pis, on auroit dû le leur
difputer.

VENUS.

Mais quoi, n'eft-ce pas manquer
de générofité que de fe laffer de
faire le bonheur d'une perfonne ?
Et n'eft-ce pas-là précifément ce
qui arrive aux Belles qui oublient
leurs Amans ? Voilà donc pour eux
un fondement de reproches.

MARS.

Et n'eft-ce pas plutôt de la part

S   des

des Amans l'effet d'une vanité in-
fupportable, que de vouloir qu'une
Maitreffe leur foit toûjours fidele ?
Car enfin vouloir qu'une Maitreffe
nous foit toûjours fidele, c'eft vouloir avoir feul le droit de faire fon
bonheur. Voyez maintenant fi les
Amans font raifonnables, de fe
plaindre des infidélités qu'on leur
fait: Pour moi je ne faurois leur pardonner l'injuftice orgueilleufe qui
leur fait exiger un amour éternel.

VENUS.

Ah ! ce n'eft point par vanité
qu'on veut être aimé : Donnez à
l'amour un motif plus noble, c'eft
par délicateffe.

MARS.

Si vous né voulez pas que ce foit
par

par vanité qu'on veuille être aimé, accordez-moi donc que c'est par intérêt. Votre délicatesse, si vous y prenez garde, n'est autre chose. On veut assûrer ses plaisirs. Il faut pour cet effet, en fournir à la personne de qui on en reçoit, on la met par-là dans la nécessité de nous en donner sans relâche; & le moyen qu'elle nous laisse manquer de plaisirs, lorsque c'est de nous que les siens dépendent?

VENUS.

Comment? ce qu'on appelle délicatesse est un effet de vanité, ou tout au moins un vil intérêt qui nous fait rechercher ce qui nous peut être utile? Ce commerce qu'on dit si délicat, est un com-

S 2   merce

merce honteux où nous fommes toûjours fûrs de gagner? On a donc bien tort de faire tant de cas d'une qualité qui a des principes fi bas.

MARS.

Voilà pourtant comme font à-peu-près toutes les qualités qu'on eftime le plus. Qui viendroit à les décompofer, feroit bien furpris ; il trouveroit que toutes les pieces n'en valent rien.

DIALOGUE

DIALOGUE XVII.

DIANE & VENUS

Sur la Modeſtie & ſur l'Honneur.

DIANE.

LE Ciel ne poſſede rien de ſi beau que vous ; mais il manque à mon gré quelque choſe à vos appas : Je vous ſouhaiterois un air de modeſtie , qui ſans vous rendre plus cruelle vous le fît paroître un peu davantage. La modeſtie donne bien des graces , elle eſt regardée comme la caution de la vertu , & & l'on ne ſauroit croire qu'elle ne
ſoit

foit pas dans le cœur d'une perfonne qui en porte le caractere fur le vifage.

VENUS.

Eh, qui vous a dit, belle Diane, que la pudeur étoit dans une Belle la caution de fa vertu. Savez-vous bien qu'elle eft un témoignage de fa foibleffe. Rougir à la vûe d'un Amant, n'eft ce pas lui marquer qu'on le craint ? N'eft-ce pas convenir qu'on a des endroits mal défendus, & qu'on pourroit être vaincu fi l'on étoit bien attaqué. Regardez une femme qui compte fur fa vertu, elle n'a point de pareille crainte : la connoiffance qu'elle a de fes forces, ne lui permet point de s'en défier. Elle s'ex-

pofe

poſe volontiers au combat. Elle eſt ſûre de ſa victoire.

DIANE.

Mais ſi cela eſt , pourquoi les hommes font-ils tant de cas de la pudeur.

VENUS.

Eh , ne viens-je pas de vous en apprendre les raiſons : elle fortifie leurs eſpérances ; elle facilite leurs conquêtes ; comment n'aimeroient-ils pas une qualité qui leve tous les obſtacles qui s'oppoſent à leur bonheur.

DIANE.

Après ce que vous venez de dire , il ny aura plus moyen d'être modeſte.

VENUS.

VENUS.

Je ne vous ai pas encore tout dit ; apprenez qu'il y a une autre forte de modestie qui est une coquetterie rafinée, une espece d'enchere que nous mettons à nos appas, une maniere délicate d'augmenter nos charmes. Comme nous n'en laissons voir qu'une partie, on nous en croit plus que nous n'en n'avons, & nous profitons de la libéralité de l'imagination, qui comme vous savez parfaitement bien, vous autres Belles, a toûjours soin d'embellir ce qu'elle considere.

DIANE.

C'est-à-dire, que je ne suis modeste que par coquetterie, vous
donnez

donnez-là , Venus , de jolis principes à ma fageſſe.

VENUS.

Ne craignez rien , Diane , mon
deſſein n'eſt pas de vous en diſputer
l'honneur, je ne veux pour tout bien
que des deſirs, des craintes douces,
des plaiſirs qui ſe laiſſent du moins
eſpérer , & pour cela j'abandonne
volontiers la fageſſe & tout ce
qu'elle rapporte.

DIANE.

Vous m'étonnez , & je ne re-
viens point de votre déſintereſſe-
ment , car enfin quand vos vœux
ſeroient pleinement exaucés, du
côté du plaiſir votre félicité ſeroit
encore , ce me ſemble bien défec-
tueuſe ; pourriez-vous être ſatis-

T   faite

faite d'un bonheur que vous n'ac-
quereriez qu'aux dépens de votre
gloire.

VENUS.

Pourquoi non ?

DIANE.

Vous n'êtes pas fincere ; le penchant que nous avons à l'amour ne
détruit jamais bien l'ardeur que
nous avons pour l'eftime ; fi nous
voulons qu'on nous aime , nous
fommes bien aifes auffi qu'on nous
confidere. Le malheur eft que
nous ne faurions y réuffir fans facrifier la partie la plus confidé-
rable de nos plaifirs ; on nous
condamne à haïr un Amant qui
nous paroît aimable , il faut que
nous ayons la force de refufer un
cœur

cœur que notre foibleſſe naturelle nous invite à donner. On ne veut pas ſeulement nous ôter la douceur d'aimer ; à peine nous permet-on d'être ſenſibles à l'honneur d'être trouvées aimables.

VENUS.

Ce que vous dites-là eſt étrange ; quoi parce qu'une Belle aura la ſottiſe de combattre ſes deſirs, parce qu'elle aura la malice d'en laiſſer naître dans les cœurs pour ſe donner le barbare plaiſir de les tourmenter. Une Belle pour toutes ces raiſons ſera ſouverainement eſtimable.

DIANE.

Sans doute, la choſe a été ainſi décidée par les hommes : ce ſont

T 2   eux

eux qui ont fait les lois de l'honneur & l'arrêt une fois prononcé, c'est pour nous une nécessité de nous y assujetir.

VENUS.

Ah ! ne croyez pas que les hommes prétendent qu'on obéisse à ces lois à la rigueur ; ils sont même bien fâchés quand on les suit avec trop d'exactitude. Prenez bien garde à l'origine de ces Lois ; ils ont vû dans les femmes trop de penchant à la tendresse, il falloit quelque chose pour l'arrêter ; car il étoit de leur intérêt qu'elles se défendissent. Sur ce pié ils n'ont pas craint de faire les lois aussi dures qu'elles pouvoient l'être. Ils étoient bien sûrs que les femmes

se

se relâcheroient, & qu'elles en viendroient à ce point où ils les veulent ; point, qui est fait exprès pour leurs plaisirs, & qui flate si fort leur gloire.

T 3 DIALO-

DIALOGUE XVIII.

APOLLON & NEPTUNE

Sur la reconnoissance & sur la vengeance.

NEPTUNE.

OH pour cela Laomédon est un grand fripon. Il nous fait bâtir sa Ville de Troye, nous donnons tous nos soins pour la rendre parfaite : est elle achevée, le parjure oublie ses sermens, & nous refuse la récompense qu'il avoit promise à notre adresse.

APOLLON.

Entre nous, nous eûmes un peu tort d'exiger quelque chose de lui.

Il

Il eût été bien de meilleure grace de lui bâtir sa Ville *gratis*. Ne diroit-on pas que nous avions besoin de lui, & qu'il manquoit quelque chose à notre condition ? Franchement nous gardâmes mal le *decorum* de la Divinité.

NEPTUNE.

Que voulez-vous ? Dans ce tems-là nous n'étions pas tout-à-fait Dieux. Jupiter nous avoit envoyés voyager sur la terre pour quelque petit sujet qu'il avoit de se plaindre de nous : mais enfin puisque nous avions tant fait que de lui bâtir une Ville comme Troye, il étoit bien juste qu'il nous payât de nos peines, du moins par quelques sentimens de reconnoissance, puisque

T 4   vous

vous voulez que tout autre falaire foit indigne de nous.

APOLLON.

Eh qui vous a dit que les fenti-mens de la reconnoiffance étoient une récompenfe plus digne de nous ? Ne fommes-nous pas fouve-rainement heureux par le privilége de notre nature ? Qu'attendons-nous des hommes ? La reconnoif-fance ne peut être bonne qu'en-tr'eux ; ils ont befoin les uns des autres.

NEPTUNE.

N'importe ; il étoit toûjours du devoir de Laomédon de nous té-moigner de la reconnoiffance. Nous euffions été les maîtres enfuite de lui dire qu'il eût à fe défaire de ces
fenti-

fentimens-là, fi nous ne les avions pas trouvés dignes de nous. Car enfin je ne vois point de vice plus affreux que l'ingratitude.

APOLLON.

Tout le monde le dit ; cependant vous feriez bien étonné fi l'ingratitude étoit une forte de nobleffe d'ame, & fi c'étoit un fentiment de grandeur qui nous fît ingrats. Peut-être nous ne nous jugeons point obligés de rien rendre pour un bienfait, parceque nous croyons le mériter. Il eft vrai que ce qui fait notre ingratitude, doit valoir alors notre eftime à notre bienfaicteur, & que nous ne faurions affez loüer le difcernement qu'il a eu de placer fon bienfait.

NEPTUNE.

NEPTUNE.

Vous me donnez - là une idée tout-à-fait noble de l'ingratitude ; cependant si elle tient à de si belles qualités , d'où vient qu'on ne l'estime pas plus qu'on ne fait ?

APOLLON.

Il y a de bonnes raisons pour cela. On ne rend des services que pour en recevoir ; ou quand on oblige , c'est pour se soûmettre en quelque façon ceux qu'on a obligés. Si l'on rend des services pour en recevoir , comment voulez-vous qu'on aime à trafiquer avec un ingrat ? Dans le commerce qu'on a avec lui on est toûjours sûr de perdre. Si l'on oblige pour mettre dans la dépendance ceux qu'on a obli-

gés ;

gés, comment s'accommoder encore d'un ingrat ? Il refuse de reconnoître les avantages qu'on a pris sur lui ; & par les témoignages qu'il donne de son ingratitude, il ôte les moyens d'en prendre de nouveaux.

NEPTUNE.

Sur tout ce que vous me dites, je m'apperçois que j'ai eu grand tort de me venger de Laomédon : cependant il est bien doux de se venger. Aussi prétend-on que nous avons réservé prudemment ce plaisir-là pour nous.

APOLLON.

Il y a long-tems que les hommes nous font sujets à toutes leurs sottises, & je ne sai où ils prennent

les

les belles idées qu'ils ont de nous.
Qu'ils nous faſſent, à la bonne
heure, punir les crimes, c'eſt un
emploi raiſonnable ; mais qu'ils ne
nous donnent pas, comme ils font,
pour la vengeance un goût qui
nous déshonore. Car enfin pou-
vons-nous ſonger à nous venger,
que nous n'avouïons que nous
avons pû être offenſés ? Et en vérité ſiéroit-il à des Dieux de ſe piquer de délicateſſe ſur ce qu'on
leur donne, ou ſur ce qu'on leur
refuſe ? Ils deviendroient malheureux à force d'être ſenſibles. De
plus, la vengeance nous fait entrer
en comparaiſon avec celui qui nous
a offenſé, & il n'y a pas d'apparence que des Dieux ſoient aſſez dé-
rai-

raisonnables pour se mettre en compromis avec des Mortels. Outre qu'il y a de la honte à se venger, on peut dire encore qu'il n'y a point de prudence, & qu'on n'exécute point du tout le dessein de mortifier son ennemi ; car enfin lorsqu'on se vange, on lui laisse recueillir tout le fruit qu'il pouvoit attendre de son insulte. N'avoue-t-on pas qu'on a été offensé, & n'est-ce pas là lui donner tout ce qu'il souhaite ? Le pardon seroit pour lui bien plus injurieux : il nous mettroit hors de la portée de ses traits, & en lui ôtant le plaisir de nous avoir offensé, qui le flate si fort, le pardon lui enleveroit encore tous les moyens de satisfaire une autre fois sa malignité.   NEP-

NEPTUNE.

Je devois donc pardonner à Laomédon.

APOLLON,

Et vraiment oui. Je pourrois
même vous dire que vous le deviez
estimer davantage , justement à
cause de son ingratitude. Car enfin
Laomédon étoit un homme de
bonne foi , qui s'avoüant ingrat ne
vouloit plus vous tromper : s'il
avoit été dans ce dessein , il vous
eût témoigné de la reconnoissance,
& vous eût attrappé quelque nouveau service ; ou bien , comme je
vous ai déjà dit , il s'est cru digne
du bienfait , & par conséquent
quitte envers vous. Que sait-on
s'il n'a pas cru que c'étoit une
                              dette

dette dont vous vous acquitiez vous-même? Ne condamnez donc plus si légerement l'ingratitude, songez qu'elle tient à sa maniere à la noblesse de l'ame, & apprenez par-là que les vices & les mauvaises qualités peuvent quelquefois avoir & ont quelquefois réellement de fort bons principes.

DIALOGUE

DIALOGUE XIX.

MARS & APOLLON
Sur la Gloire.

APOLLON.

LEs hommes vous joueroient un vilain tour, s'ils s'avisoient de devenir sages, & ce seroit une Cour bien déserte que la vôtre.

MARS.

Que voulez-vous dire ?

APOLLON.

Je veux dire que rien ne prouve l'extravagance des hommes comme l'ardeur qu'ils ont de vous suivre dans les combats, & que s'ils faisoient bien, ils vous laisseroient faire la guerre tout seul.   MARS

MARS.

Que vous ai je fait pour vouloir
m'enlever tous mes sujets ?

APOLLON.

Je ne puis vous pardonner la
cruauté qui vous fait armer des
hommes les uns contre les autres.
Pourquoi les envoyer s'entretuer
sans qu'ils aient rien à démêler en-
semble ? Et comment font-ils assez
sots pour aller exposer leur vie ?
car enfin c'est le bien le plus précieux qu'ils aient.

MARS.

Bon ! les hommes ne sont point
si sots que vous le dites , sur cela ,
non plus que sur autre chose : ils
ne sacrifient jamais un bien qu'à
l'espérance d'un autre bien qui

V   leur

leur paroît meilleur , & je ne vois point de fottife à tout cela. Par exemple , ils ont bien des fatigues à effuyer dans l'exercice de la guerre , ils rifquent fort fouvent leur vie ; mais auffi quelle récompenfe ne leur prépare-t-on pas ? La Gloire, cette grande maîtreffe des grandes ames faura bien les dédommager : laiffez-les s'expofer au trépas, la Gloire fait en fauver les Héros.

APOLLON.

Voilà une plaifante maniere d'immortalifer les gens.

MARS.

Vous voyez cependant qu'on ne fe laffe point de mon fervice ; apparemment qu'il n'eft pas fi ingrat que vous le dites. Mais vous qui
faites

faites le Réformateur, quelle récompenfe donnez-vous à vos Savans ? Ne les payez-vous pas de la
même monnoie ? N'eft-ce pas la
Gloire qui les foûtient dans leurs
travaux, & qui les dédommage de
leurs peines ?

APOLLON.

Ah ! je ne leur propofe point
pour objet une chimere, comme
la Gloire : la connoiffance de la
vérité eft le prix de leurs travaux.

MARS.

Les voilà bien récompenfés.

APOLLON.

Comment, vous ne voulez pas
que la connoiffance de la vérité foit
fatisfaifante ? Y a-t-il rien de plus
beau que de favoir, & de donner

à fon efprit toute l'étendue dont
il eft capable?

MARS.

Et depuis quand, je vous prie ;
la vérité a-t-elle de quoi plaire aux
hommes ? Ne favez - vous pas
qu'elle n'a que des vûes défagréa-
bles à leur offrir ? Ce qui flate vos
Savans, ce n'eft point l'agrément
attaché à la connoiffance de la vérité, c'eft la diftinction qu'elle leur
donne. Songez - y bien, ils font
peu de cas des vérités communes ;
il y a trop de facilité à s'en faifir.
Il n'y a que celles qui femblent les
mettre au-deffus des autres, qui
méritent leur eftime, & dont ils
veulent bien être jaloux.

APOLLON.

APOLLON.

Du moins cette Gloire-là est-elle plus estimable que l'autre.

MARS.

N'entrons point dans cet examen, nous ne trouverions peut-être pas plus de solidité dans l'une que dans l'autre.

APOLLON.

Apprenez-moi donc ce que c'est que la Gloire.

MARS.

La Gloire est un artifice dont la Société se sert pour faire travailler les hommes à ses intérêts.

APOLLON.

Mais sur ce pié-là la Gloire suppose toûjours de la sottise de la part de celui qui l'acquiert ; car pour-

pourquoi s'embarraſſer des autres ?
Que ne travaille-t-on pour ſoi ?

MARS.

Voilà ce que la Société défend :
Son ſecret eſt d'engager les hommes à négliger leurs propres intérêts, & à s'employer tout entiers
au ſervice les uns des autres. Auſſi
quand ils ſe ſont bien acquités de
ce qu'elle demandoit d'eux de ce
côté-là , comme il leur en coûte,
& qu'il eſt juſte qu'on les récom-
penſe : on les eſtime , & voilà de
quelle maniere on les paye.

APOLLON.

C'eſt-à-dire , qu'il s'eſt établi
parmi les hommes un commerce
dans lequel les uns donneroient
des ſoins , & les autres rendroient
de la Gloire.   MARS.

MARS.

Vous l'avez dit.

APOLLON.

Voilà un fort fot trafic, où certainement il y a de la perte pour quelques-uns; car la Gloire ne vaut prefque jamais ce qu'elle coûte.

MARS.

Oui ; mais fans cette Gloire on ne feroit plus de belles actions, les Héros ne purgeroient plus la terre, & contens d'ignorer & d'admirer la Nature, les Philofophes n'iroient plus lui arracher des fecrets dont la découverte eft utile aux hommes. Plus j'y penfe, & plus je vois que la Gloire eft une piece néceffaire dans la Société. Voyez ce que ce fe feroit fi les hommes étoient fages. APOL-

APOLLON.

Oh ! la Nature est fort prudente, elle a fait tout autant de sots
qu'il lui en fallu.

MARS.

Mais ce sont ces sots-là qu'on
comble de gloire.

APOLLON.

Rien n'est plus raisonnable : elle
est faite exprès pour eux. Le Sage
même n'en est point jaloux, il loue
tous leurs travaux du milieu de sa
paresse, & se donne bien de garde
de les partager.

MARS.

Vous le dirai-je ? Je voudrois
que pendant qu'on donne les apparences de l'estime à ceux qui tra-
vaillent pour la Gloire, on joüit du
droit

droit de les méprifer intérieure-
ment. Car enfin il y a de la fottife
à ne pas travailler pour foi, nous
en fommes déjà convenus. De plus,
les gens qui courent après la Gloire, ne fe chargent-ils pas des em-
plois les plus difficiles? Et valets de
la fociété n'en rempliffent-ils pas
les fonctions les plus pénibles?

APOLLON.

Vous avez raifon : le mépris
fembleroit devoir être la vraie récompenfe de ce qu'on fait pour la
Gloire,

DIALOGUE
X

DIALOGUE XX.

DIANE & MARS

Sur la Vertu.

MARS.

DÉESSE, il se dit ici d'étranges choses sur votre chapitre, & si l'on en croit Momus, vous n'avez pas été toûjours si farouche que vous l'avez parue à nos yeux. On parle d'un Berger ...

DIANE.

Ah! ne croyez rien de ce que dit Momus, tout ce qui vient de lui doit être suspect, & ma conduite

duite paſſée doit être un ſûr garant
de ma ſageſſe.

MARS.

Non pas, s'il vous plaît : les armes de la vertu ſont journalieres.
Un Conquérant avec beaucoup
de prudence peut perdre une ba-
taille, une femme avec beaucoup
de vertu peut avoir de la ſoibleſſe ;
on a ſouvent pris de juſtes meſures
pour ſe défendre, & il ſe trouve
que l'on eſt vaincu. Je ſerois pourtant bien ſurpris que vous euſſiez
démenti cette ſageſſe dont vous
faites depuis ſi long-tems parade ;
ce ſeroit bien dommage que vous
euſſiez gâté une réputation que
vous avez eu tant de peine à établir.

X 2   DIANE.

DIANE.

Auffi me fuis-je donné bien de garde de rien faire qui ait pû y porter atteinte. Je veux pourtant bien vous avouer que je trouvois dans Endimion tout ce qu'il falloit pour l'aimer. J'ai eu befoin de toute ma fageffe pour m'en défendre. J'ai maudit cent fois un cruel devoir qui ne pouvoit fouffrir que je me rendiffe heureufe. Que ma gloire, Dieu des Combats, eft différente de la vôtre! Je ne puis l'acquérir qu'en réfiftant à mon penchant, & il vous fuffit de fuivre le vôtre.

MARS.

Que dites-vous-là?

DIANE.

DIANE.

Je dis que le chemin qui vous mene à la gloire est bien aisé. Je pourrois même soûtenir, qu'il vous seroit difficile de la manquer ; fougueux comme vous êtes , pourriez - vous vous tenir en repos ? Avoüez qu'on vous feroit grand dépit , si l'on vous obligeoit à demeurer tranquile : mais on vous permet de vous abandonner à l'impétuosité de votre caractere : vous courez comme un fou de pays en pays, vous prenez des Villes, vous gagnez des Batailles ; quelle provision de lauriers pour couronner votre tête ! Quelle gloire ne vous prépare-t-on pas? Hélas! il s'en faut bien que la gloire qu'on me destine

X 3 soit

soit auffi facile à acquérir. On me
donne à combattre un ennemi que
j'aime, il eft de mon honneur de
remporter une victoire qu'il feroit
de mon intérêt de perdre : de plus
je n'ai point, comme vous, des
intervalles pour me repofer, il faut
que je combatte fans ceffe. Quelle
condition, jugez maintenant du
cas qu'on doit faire de la fageffe !

MARS.

J'avoue qu'on ne fauroit refufer de l'eftime à votre forte de fageffe ; car enfin il faut être jufle.
Mais je ne trouve point bon que
vous parliez fi mal de la gloire qui
s'acquiert par les armes. N'eft-ce
rien, felon vous, pour un mortel
que de braver la mort qui s'offre

con-

continuellement à lui ? Songez-y,
il faut bien de la grandeur d'ame
pour méprifer la vie.

DIANE.

Je le veux; mais vos Héros ne
la méprifent point, ils l'eftiment
tout au moins autant que les autres, & ne croyez pas qu'ils allaf-
fent l'expofer, s'ils étoient bien
fûrs de la perdre. On n'a pas toûjours le malheur d'être tué, lorfqu'on court rifque de l'être. Avec
cela il ne fe livre pas toûjours des
Combats, & dans ces Combats
vos Héros font foûtenus par la
vûe de ceux qui les regardent, &
qui peuvent rendre témoignage de
leur valeur. Perfonne n'eft témoin
de ceux qui fe livrent dans mon

X 4   cœur,

cœur, il faut que je me satisfasse
de la propre justice que je me rends
à moi-même. Quelle triste récompenfe !

MARS.

Je suis de votre avis. Cette ré-
compenfe-là n'eft pas suffisante ;
c'eft pour cela auffi qu'on vous
donne de la gloire, & conftamment personne, après les Guerriers, n'en mérite mieux que vous.

DIANE.

Ah ! cessez de vanter une gloire
qui ne s'occupe qu'à détruire les
hommes.

MARS.

Et celle qui s'occupe à les rendre malheureux, dites-moi, la
trouvez-vous moins cruelle ? Vous
ne faites point mourir les hommes,
vous

vous êtes plus barbare encore, vous les faites souffrir. Mais il y a quelque chose de plus ridicule que tout cela dans votre conduite, vous souffrez que cette même gloire vous rende malheureuse, & voilà ce que je ne saurois vous pardonner.

Diane.

Ce que vous trouvez de ridicule dans ma conduite, est justement ce qui fait le prix de ma gloire. Je me dispute tout à moi-même, rien de ce qui pourroit me flater n'est accepté par une sagesse scrupuleuse. Tout cela est vrai. Mais songez que la gloire doit être proportionnée à l'effort qu'on fait pour l'acquérir, & sur ce pié-là

jugez

jugez de celle qui m'est dûe.

MARS.

Hé, quel cas faites-vous d'une gloire qui s'acquiert par des efforts pénibles, & qui s'achete au prix du bonheur? Ne rougiffez - vous point quelquefois des victoires que vous remportez fur vous-même? Ah, croyez-moi, la véritable fageffe n'est point faite pour rendre malheureux celui qui la poffede.

DIANE.

Il n'y a pourtant que celle - là que l'on regarde comme vraiment eftimable; Car ofez-vous appeller vertus toutes ces qualités qu'on ne poffede que parcequ'on auroit trop de peine à s'en défaire, com-me

me la valeur, la compaſſion, la libéralité, & tant d'autres de même
eſpece ?

MARS.

Enſin, ma ſorte de vertu, que
vous mépriſez tant parcequ'elle
ne coûte rien à acquérir, outre
qu'elle eſt plus agréable, eſt encore
plus ſûre que la vôtre ; car enſin
on eſt d'ordinaire aſſez foible pour
être vertueux, & rarement eſt-on
aſſez fort pour le devenir. Auſſi la
mienne eſt-elle plus commune, &
l'on voit par l'expérience, que la
Nature a plus compté ſur la foibleſſe des hommes, que ſur la force
de leur raiſon.

DIANE.

A votre compte, il n'y auroit
que

que deux fortes de vertus, l'une de foiblesse, l'autre d'effort. Mais songez-vous que l'une marqueroit de l'imperfection, & l'autre de la fottise?

NOUVEAUX

NOUVEAUX
DIALOGUES
DES DIEUX.

NOUVEAUX
DIALOGUES
DES DIEUX.

DIALOGUE I.

****

JUPITER & APOLLON.

Pourquoi les Passions nous cachent ordinairement le but où elles nous menent.

APOLLON.

AUROIT-ON jamais deviné que vous eussiez pris pour plaire, la forme d'un mari ?

JUPITER.

JUPITER.

Non, mais après tout, Amphytrion n'étoit presque point Mari :
il n'y avoit que deux jours qu'il
avoit épousé Alcmene. Un Mari
de deux jours tient encore quelque
chose de l'Amant, & cette derniere qualité fait qu'on lui passe
l'autre.

APOLLON.

Ah ! c'est justement en qualité
d'Amant qu'il devoit mieux vous
pei er le cœur ; il ne vous étoit
pas permis d'ignorer à quel point
il étoit aimé & chaque caresse que
vous faisoit Alcmene, étoit pour
vous un nouvel outrage.

JUPITER.

Et où est, je vous prie, l'outrage ?

trage ? Amphytrion étoit aimé , il n'y avoit pas moyen que nous le fuffions tous deux : mais je pouvois joüir comme j'ai fait des agrémens de fa place , le fruftrer pour un tems de fon bonheur & m'en faifir.

APOLLON.

Ah ! Jupiter vous n'êtes guere délicat , & nous nous reffemblons bien peu , dans nôtre façon d'aimer ? Jugez-en vous-même par le ftratagême dont je m'avifai. Iffé m'avoit paruë belle , il s'agiffoit de m'en faire aimer , mon rang s'oppofoit à mes deffeins , ma délicateffe me le fit cacher , & ce ne fût que fous la figure de Berger que je parvins à l'honneur de lui

Y plaire ;

plaire; voyez la différence de votre procédé au mien : vous vous défites de votre grandeur, parce que vous ne comptiez pas aſſez ſur elle : je me défis, moi, de la mienne, parceque je ne lui voulois rien devoir ; vous renonçâtes de propos délibéré à être aimé : je n'oubliai rien pour être ſûr de l'être.

JUPITER,

Hé bien, vous arrivâtes au bonheur par une route, moi j'y arrivai par une autre.

APOLLON.

Mais ſongez à la différence de votre bonheur au mien : on me donna mes plaiſirs, vous volâtes les vôtres. Non, Jupiter, vous ne
ſûtes

fûtes point heureux ; il n'y a pas moyen de l'être tout feul.

JUPITER.

Bon : vous voilà fait précifément comme les hommes. Trop vains pour fe contenter d'avoir du plaifir ; ils croyent qu'il faut encore en donner, & ils appellent cela être délicats.

APOLLON.

Vous en direz ce qu'il vous plaira, vous avez perdu la fleur des plaifirs de l'amour : car quel charme n'eft-ce pas d'avoir entre fes mains le bonheur d'une perfonne qu'on aime, de le lui diftribuer fans réferve, d'en voir augmenter le fien, d'avoir peine tous deux à foûtenir l'excès d'un plaifir qu'on partage ?

Ah !

'Ah! Jupiter, que c'eſt une déli-
cieuſe choſe que l'amour, quand il
eſt ſenti avec délicateſſe, & vous
êtes bien malheureux de n'avoir
jamais éprouvé le charme de cette
douce yvreſſe où ſont plongés deux
cœurs prêts à tous les momens à
ſe ſacrifier l'un pour l'autre.

JUPITER.

Allez, vous êtes fou : vous parlez comme un vrai Héros de Ro-
man ; l'amour eſt une tromperie
toute pure, un trafic continuel de
menſonge : on y paſſe des journées
entieres à ſe faire croire qu'on s'aime, & pour ſe le mieux prouver,
on ſe le jure.

APOLLON.

Quoi ? ne ſe dit-on pas de bonne
foi qu'on s'aime ?   JU-

JUPITER.

Oui , on se le dit quelquefois de bonne-foi, mais il n'en est rien.

APOLLON.

Comment ! il n'en est rien.

JUPITER.

Oui, vous dis-je : on commence par se tromper , pour mieux tromper sa Maîtresse. On se croit noble , généreux , sincere , sans songer qu'on est toûjours vain , & souvent fripon; car c'est-là la grande habileté de l'Amour , de nous séduire ; & cette habileté-là ne lui est pas particuliere ; toutes les passions ont l'adresse de ne nous laisser jamais voir bien distinctement le but où elles nous menent : nous serions trop troublés dans notre marche, en la voyant si vilaine. DIA-

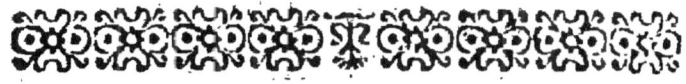

DIALOGUE II.

JUNON, DIANE & MOMUS.

Quelle est la vraie récompense de la Vertu.

MOMUS.

SACHEZ m'en gré si vous voulez, tout l'Olympe vous rendra compte de la fermeté avec laquelle je pris l'autre jour votre parti.

DIANE.

Eh surquoi donc, Momus, eûtes-vous à me défendre ?

MOMUS.

MOMUS.

Sur votre aventure avec Actéon,
il parût ridicule à tous nos Mef-
fieurs que vous eûffiez pris la chofe fi férieufement ; qu'avoit fait ce
pauvre garçon difoient-ils tous ?
Diane eft dans le bain, elle eft fort
bonne à voir, Actéon la regarde,
ne voilà-t-il pas un grand malheur,
& y avoit-il là dequoi le changer
en Cerf.

DIANE.

Affûrément, & mon honneur
vouloit que je puniffe un témé-
raire.

MOMUS.

Bon, votre honneur, & en quoi
étoit-il intéreffé ; que pouvoit-il
vous arriver de plus délicieux que
de

de montrer que vous étiez belle à la maniere que vous le montrâtes ; c'est presque avoir l'agrément du vice en ménageant par un hasard heureux l'honneur de sa vertu.

DIANE.

C'est-à-dire que je suis une innocente de n'avoir pas sû gré au hasard de la faveur qu'il me faisoit.

MOMUS.

Sans doute, il n'y a pas de femme bien faite qui n'eût été charmée à votre place : aussi un de nos bons Railleurs soûtînt-il que vous n'aviez métamorphosé Actéon que pour vous assûrer de sa discrétion, & vous concevez bien qu'il ne la fit pas rouler sur les avantages de votre beauté.

DIANE.

DIANE.

Voilà de fort fots difcours que vous tenez là, Momus, & je me fâcherois tout de bon fi vous en valiez la peine.

JUNON.

Vous êtes bien bonne, Diane, de prendre garde à ce que dit ce fou de Momus, ne faut-il pas qu'il faffe fon métier de mauvais plai-fant ? & qui fait s'il y a un mot de vrai à tout ce qu'il nous dit là ?

MOMUS.

Écoutez, Madame Junon, je ne paffe pas pour un menteur, & je ne me crois pas tout-à-fait auffi mau-vais plaifant que vous le dites ; mais puifque vous le prenez fur ce ton-là, je vous dirai que dès qu'on

Z   eut

eût expédié Diane, l'on en vint à votre aventure avec Ixion, & je suis bien aise pour vous, que vous n'ayez pas entendu tout ce qui en fût dit.

JUNON.

On en aura dit tout ce qu'on aura voulu, je ne me repens point d'avoir puni un insolent, & les vûes d'Ixion étoient telles....

MOMUS.

Eh, qu'avoient donc ces vûes de si criminel ? On vous disoit que vous étiez belle, qu'on mouroit d'envie de vous en assûrer plus sérieusement, une femme raisonnable va t-elle rendre compte de pareilles choses à son mari? D'ailleurs quelle espece de charité de livrer à Ixion

une

une nue qui fervoit fi bien fes de-
firs ? Étiez vous curieufe de favoir
jufqu'où pouvoit aller la tendreffe
qu'il avoit pour vous ? & puis ne
voilà-t-il pas une belle maniere de
vous vanger, que de le rendre réellement heureux puifqu'il croyoit
l'être ; car je ne veux pas dire,
comme quelqu'un qui fe trouva là,
que vous défiant du fuccès de vos
charmes, vous aviez crû important pour vous de mettre à votre
place un Phantôme, qui paré des
qualités que vous n'aviez pas, eût
de quoi vous faire honneur.

JUNON.

Auriez-vous crû, Diane, qu'il
y eût de fi grands impertinens dans
notre Olympe.

MOMUS.

MOMUS.

Oh! pour cela vous avez raifon : il y a de grands impertinens :
mais auffi permettez-moi de vous
dire que vous euffiez bien fait toutes deux d'être un peu plus unies ;
vous montrâtes trop de vertu pour
en avoir.

DIANE.

Il vaudroit autant n'en point
avoir, fi l'on n'en montroit pas.

MOMUS.

Oui : mais vous ne favez donc
pas qu'en montrer, & en montrer
avec fafte comme vous le fîtes, ce
n'eft pas en avoir ; c'eft donner
acte qu'on n'en a point. Apprenez,
Mefdames, & comme je fuis bien-
aife que vous ne l'oubliïez pas, je
vais

vais prendre le ton fententieux pour vous le dire ; apprenez qu'il n'y a de vraie vertu que celle qui fe cache, & ne croyez pas qu'on foit la dupe de celle qui s'étale. On ne l'a pas paffé à Caton, on l'a refufé à Lucrece, la vraie vertu, laiffez m'en dire autant du vrai mérite, la vraie vertu eft à elle-même fa récompenfe. Les hommes, les Dieux mêmes, tous Dieux qu'ils font, n'ont pas dequoi la payer.

Z 3 DIALO-

DIALOGUE III.

APOLLON, ESCULAPE, MINERVE.

S'il y a bien de l'honneur à mener les hommes.

ESCULAPE.

ON ne parle ici, Apollon, que de vos richeffes, & réellement tous nos Temples ne valent pas celui que vous avez à Delphes.

APOLLON.

Il eft certain que je n'ai pas été trop mal-adroit. Je vis que les hommes peu touchés du préfent, ne s'occu-

s'occupoient que de l'avenir, je
m'arrangeai là-deſſus, & de-là ce
fond merveilleux que je me ſuis
établi ſur leur curioſité.

ESCULAPE.

Oui : mais on dit que votre revenu diminue conſidérablement.

APOLLON.

Quel conte ? N'ai-je pas toûjours
à mes gages, des Diſeuſes de bonne
aventure, des Aſtrologues, & tout
ce monde-là n'eſt-il pas encore en
bonne poſture ?

ESCULAPE.

Cela eſt vrai, & il eſt étonnant
qu'on ne ſoit pas encore guéri
d'une pareille folie.

APOLLON.

Oh, je n'ai pas peur qu'on en

gué-

guérisse; on ne guérit point des folies qui sont dans le cœur, & celle-
là y est. Elle est, mon cher Esculape,
de la même nature que celle avec
quoi vous trompez si bien les hommes ; car entre nous , vous êtes
un Charlatan aussi-bien que moi ;
je me mêle de prédire l'avenir où
je ne vois goutte; vous vous mêlez
de guérir le corps humain , que
vous ne connoissez guere.

ESCULAPE.

Il est vrai que mes connoissances
sur mon métier sont assez bornées:
mais enfin avec mon peu de lumiere je guéris quelquefois mes
malades.

APOLLON.

Et moi , s'il vous plaît, est-ce
que

que je ne devine pas auſſi quelques
fois l'avenir ? Cela m'empêche-t il
d'être Charlatan ?

ESCULAPE.

Je vois bien que vous voulez
abſolument que je me rende : mais
dites donc auſſi quelque choſe à
Minerve , il ſeroit malhonnête à
vous de ne la pas faire entrer en
partage des titres honorables que
vous venez de me donner.

MINERVE.

Je vous ſuis obligée, Meſſieurs,
de votre politeſſe , je ne me ſens
point du tout digne de ces belles
qualités.

APOLLON.

Comment ! vous oſez dire que
vous n'êtes pas des nôtres ? & que
faites-

faites-vous donc toute la journée vous & vos Philofophes? ne criez-vous pas fans cefle aux hommes que vous allez leur découvrir la vérité?

MINERVE.

Non je vous aflûre, mes Philofophes ne promettent rien : ce font des gens modeftes, des gens raifonnables qui peuvent bien quelquefois s'amufer à chercher la vérité ; mais je les défavouerois s'ils croyoient l'avoir trouvée.

APOLLON.

Vous n'êtes pas de bonne foi ; Minerve, & vous n'avez pas inftruit tous vos Philofophes à être fi modeftes : ils font pour la plûpart impudens, effrontés, grands pro-

prométeurs, & je n'ai garde de les blâmer d'une conduite si raisonnable. Il n'y a point de métier qu'on ne fit en dupe chez les hommes, si l'on ne le faisoit un peu en Charlatan, & je sai combien il est important de leur promettre. Voyez moi, je leur promets de les instruire de l'avenir. Minerve, quoiqu'elle dise, leur promet de leur découvrir la vérité. Esculape leur promet presque de les rendre immortels. On nous dispense tous de tenir notre parole pourvû que nous la donnions.

MINERVE.

Vous prétendez donc qu'il ne s'agit que de donner aux hommes des espérances.

APOL-

APOLLON.

Sans doute ; & ce qu'il y a de
commode, on peut les leur donner
frivoles. Ils font fi charmés d'ef-
·pérer , qu'ils difpenfent prefque
toûjours de folidité les efpérances
qu'on leur donne.

MINERVE.

Mais fi cela eft , il n'y a rien de
fi aifé que de mener les hommes.

APOLLON.

Comment , aifé ? cela l'eft au
point qu'on en eft honteux ; car fa-
vez-vous à quoi cela fe réduit ? A
les bien méprifer , & ce qui , à
fa façon, ne laiffe pas d'être difficile,
à agir toûjours conféquemment au
mépris qu'on a pour eux ; il y a
des momens où malgré toutes les
raifons

raiſons qu'on a de les mépriſer, on
a la ſottiſe de les croire un peu
raiſonnables, & il ne faut qu'un
de ces momens-là, pour gâter
tout.

DIALOGUE

※※※※※※※※※※※※※※※※※

DIALOGUE IV.

ERRATO & MOMUS.

S'il est à propos de traiter si bien
les Amans.

MOMUS.

AIMABLE comme vous êtes :
comment avez-vous pû vous
tenir dans le célibat : il y a une
infinité de Dieux qui vous ont
recherché en mariage. Moi , par
exemple , je vous aurois épousé à
merveille.

ERRATO.

Je le crois ; mais voyez-vous ,
si vous étiez une fois mon mari ,

outre

outre cette mauvaise qualité &
celle de railleur que vous avez
déjà , vous prendriez encore celle
de maître , & ce ne feroit point
du tout là mon compte.

MOMUS.

Eh , pouvez-vous croire que je
vous aimaffe pour vous dominer ,
affûrez-vous que je ne veux vous
avoir pour femme que pour vous
faire devenir plus ma Maîtreffe.

ERRATO.

Ah ! Momus , vous ne les attra-
periez pas mal fi vous vous en
mêliez , & il me femble que vous
êtes honnêtement fripon quand
vous vous y mettez.

MOMUS.

Non , en vérité , je ne le fuis
guere ;

guere : mais enfin , puifque vous
ne voulez pas abfolument être ma
femme , accommodons-nous , que
je puiffe du moins vous avoir pour
Maîtreffe.

ERRATO.

Non , Momus , je ne faurois faire
votre affaire , les titres ne me fé-
duifent point , & je ne ferai point
votre Maîtreffe.

MOMUS.

Pourquoi cela ?

ERRATO.

Parceque cela ne fe peut , vous
êtes de la plus jolie figure du monde , votre caractere me réjoüit , &
je crois que fi je me mêlois d'aimer , je vous aimerois mieux qu'un
autre.

MOMUS.

MOMUS.

Eh bien, qui vous en empêche ?

ERRATO.

Qui m'en empêche ? Bien des choses. Par exemple, quand il n'y auroit que le devoir, cela ne suffit-il pas ?

MOMUS.

Bon, le devoir : voilà comme vous êtes faites vous autres femmes, dès que vous ne nous aimez point, vous nous présentez le devoir, & voilà avec quoi vous nous consolez.

ERRATO.

Hé bien, faites taire le devoir : aimez-moi, plaisez-moi, & faites si bien votre compte que je vous aime.

A a   MOMUS.

MOMUS.

Fort bien : mais quand je me ferai mis férieufement à vous aimer, fi par hafard vous ne m'aimez point, qu'eft-ce que je deviendrai ?

ERRATO.

Ce que vous deviendrez ? Vous m'aimerez encore.

MOMUS.

Vous me préparez-là une jolie condition.

ERRATO.

Point fi vilaine. Vous aurez toûjours le plaifir de m'aimer, & peut-être m'aimerez-vous plus que fi je vous aimois. Allez , Momus , je fentirois trop bien l'honneur qu'il y auroit à être aimé de vous pour

m'expofer

m'expofer à le perdre en vous aimant trop.

MOMUS.

Treve de badinerie, Mademoifelle Errato, parlons férieufement, y a-t-il moyen d'entrer à votre fervice ?

ERRATO.

Il n'y a rien de fi faifable, & je ferai charmée d'avoir un ferviteur tel que vous.

MOMUS.

Mais encore feroit-il bon d'imaginer quelque récompenfe.

ERRATO.

Eh fi, n'avez-vous pas honte de parler de récompenfe?

MOMUS.

Non vraiment, je n'ai point

honte, & s'il vous plaît, Mademoiselle Errato, me laiſſer entrer à votre ſervice, n'eſt-ce pas me donner la permiſſion de prendre des deſirs, & vous engager tacitement à les ſatisfaire?

ERRATO.

Non, Momus, cela vous fatigueroit; j'ai quelque choſe de mieux que tout cela à vous donner, je vous donnerai de l'eſpérance : c'eſt la meilleure nourriture du monde pour les Amans, elle eſt légere, & vous ſoûtiendra ſans vous incommoder.

DIALOGUE

DIALOGUE V.

CLIO & CALLIOPPE.

Si ce font les chofes les plus raifonnables qui entrent le mieux dans la tête des hommes.

CLIO.

N'Avez-vous pas honte, ma fœur, de paffer tout votre tems comme vous faites à nous débiter des puérilités, des contes bleus, des romans de toute efpece.

CALLIOPPE.

Non vraiment, je n'ai point honte, & je voudrois bien favoir ce
que

que vous avez de mieux à me donner à faire.

CLIO.

Cent chofes : faites par exemple comme moi. Dépofitaire du paffé je le rends préfent, je célebre & immortalife les Héros ; je peins par oppofition, & noircis les fcélérats, je donne de l'admiration pour les uns, de l'horreur pour les autres, & voilà ce me femble un affez beau fpectacle à préfenter.

CALLIOPPE.

Oui : mais ce beau fpectacle que vous vantez tant, avec votre permiffion, vous ne le donnez pas ; car qu'eft-ce que ces rapfodies que vous appellez hiftoires, des faits communément faux, fouvent mal digérés

digérés & presque toûjours d'une
froideur & d'un ennui à faire mourir.   CLIO.

Je vois bien que vous voulez
dire que vous êtes plus agréable
que moi ; mais il faut aussi que
vous avouiez que je suis plus ins-
tructive.

CALLIOPPE.

Je n'en conviendrai pas parceque
cela n'est pas vrai. On n'instruit
bien que par le plaisir, & vous
n'en donnez point ; que s'il vous
arrive quelquefois d'en donner,
c'est toûjours en me volant & en
chassant sur mes terres. En général Clio, vous n'instruisez point
ou vous instruisez mal. Voyez comme Homere instruit. Voilà ce qui
s'appelle instruire.   CLIO.

CLIO.

Bon ! comment voulez-vous qu'Homere inftruife ? il ne fait que mentir.

CALLIOPPE.

Soit, il ment : mais il ment de fi bonne grace qu'on ne fauroit s'imaginer qu'il mente; pour vous, Clio, vous avez du malheur, on ne vous croit pas feulement quand vous dites vrai.

CLIO.

On me fait là un reproche fort malhonnête, car affûrement je ne ments pas toûjours.

CALLIOPPE.

Cela peut être : mais le moyen de favoir quand vous mentez ou quand vous ne mentez pas ? vous

ne

ne le savez pas vous-même.

CLIO.

Comment! je ne le sais pas moi-même?

CALLIOPPE.

Oui, vous dis-je, vous ne le savez pas ; & comment le sauriez-vous ? Vous ne prenez vos faits que d'après ce qu'il y a de plus menteur au monde, je veux dire la Renommée, ou pour plus grande commodité vous le prenez sans mot dire dans votre imagination qu'il faut avoüer que vous avez d'une fécondité admirable.

CLIO.

C'est-à-dire, que je ne fais que mentir.

Bb   CAL-

Sans doute : & je ne le trouve
point du tout mauvais , car à le
bien prendre , nous ne nous devons rien. Toute la différence qui
eſt entre nous , c'eſt que je donne
mes menſonges pour ce qu'ils ſont;
vous donnez les vôtres pour des
vérités , & dès qu'on veut bien les
prendre pour telles vous ſeriez
bien ſotte de ne les pas donner. Ce
que je voudrois ſeulement , c'eſt
que vous leur donnaſſiez un peu
plus d'agrément que vous ne faites ; & puis cela ſoit dit entre nous,
il vous arrive quelquefois de les
donner tels qu'on doit avoir une
furieuſe peine à les digérer.

CLIO.

CLIO.

Bon ! ce font les meilleurs, & c'eft bien la peine de faire tant de façons avec les hommes. Il n'y a point de faits, ma fœur, que ces bénets-là ne foient prêts à avaler; & vous favez bien que ce font les plus extravagans qui entrent le mieux & le plus facilement dans leurs têtes.

Bb 2 DIALO-

❈❈❈❈❈❈❈❈❈❈❈❈❈❈❈❈❈❈

DIALOGUE VI.

TERPSICHORE & MERCURE

Sur les Prudes, les Femmes galantes,
& les honnêtes Femmes.

TERPSICHORE.

VOus êtes un poltron, Mercure, pourquoi n'avez-vous jamais osé m'attaquer : on dit que vous m'avez trouvé trop prude.

MERCURE.

Il n'y a pas un mot de vérité à tout ce qu'on vous a dit là ; une vertu qui fait tant la sévere n'est presque point vertu ; & comme

prude,

prude, vous ne m'auriez pas fait peur un moment.

TERPSICHORE.

Convenez au moins que vous m'avez redoutée comme honnête fille. MERCURE.

Pourquoi voulez-vous que j'en convienne ? cela n'est pas vrai ; chargée d'un cœur qui lui pese, une honnête fille est tous les jours à la veille de prendre des desirs ; & quand elle en a pris : qu'y a-t-il donc tant à faire ? A les lui donner un peu plus vifs.

TERPSICHORE.

Mais vous ne prenez pas garde qu'une honnête fille les combat.

MERCURE.

Sans doute, elle les combat : mais

voilà

voilà justement ce qui fait son malheur ; la nature des desirs combat-
tus est de devenir plus vifs, & la
vertu en se défendant avance sa
défaite.

TERPSICHORE.

C'est-à-dire que vous ne voulez, ni d'une prude, ni d'une honnête fille, seroit-ce une coquette,
une fille galante qu'il vous fau-
droit ?

MERCURE.

Pourquoi non ? Il y en a telle
que j'aimerois mieux que toutes
les honnêtes filles du monde.

TERPSICHORE.

Vous êtes donc fou, Mercure ;
il n'y a rien de si joli en amour
qu'une honnête fille.

MERCURE.

MERCURE.

Je ne suis point du tout de votre avis , Terpsichore ; on va trop vîte avec une honnête fille , à peine a-t-on le tems de soupirer ; parlez-moi des filles galantes, c'est-là qu'il y a de la gloire à acquérir.

TERPSICHORE.

Ne diroit-on pas à vous entendre qu'il n'y a pas moyen de venir à bout de vos coquettes ?

MERCURE.

Vraiment, si on en vient à bout, elles se souviennent trop bien du plaisir qu'elles ont eu à se rendre, pour avoir la sottise de se défendre toûjours ; mais moins pressées elles se rendent plus tard ; plus rigoureuses parcequ'il leur en coûte peu pour l'être ; elles donnent plus

Bb 4   de

de plaisir à leurs Amans , elles af-
saisonnent mieux l'honneur de la
conquête.

TERPSICHORE.

Ah ! voilà une jolie conquête
qu'une conquête qui avoit été faite ; on entre dans une place qui
avoit déjà été ravagée.On a le malheur d'avoir été prévenu.

MERCURE.

Qu'appellez-vous malheur ? c'est
de ce prétendu malheur que naît
la gloire d'un Amant , il triomphe
d'un ennemi aguerri , d'un ennemi qui avoit essuyé des combats ,
qui par ses défaites avoit appris à
se défendre.

TERPSICHORE.

N'allez pas si vîte , Mercure ,
quand

quand on se rend maître d'un cœur,
on veut bien qu'il ait été attaqué,
& il ne sauroit l'avoir trop été; mais
on ne trouve pas bon qu'il se soit
rendu: vous direz que les honnêtes
femmes se rendent, sans doute elles
se rendent ; mais ce n'est qu'après
bien des combats , & dans ces
combats , elles se défendent de la
meilleure foi du monde. Il n'en est
pas ainsi de vos coquettes : elles se
rendent parcequ'elles le veulent
bien : or les hommes ne veulent
point d'une victoire qu'on leur ce-
de : croyez-moi , ils ne sont point
fous quand ils nous demandent de la
vertu ; avec l'honneur qu'ils ont à
nous vaincre, ils ont encore l'agrément de pouvoir un peu compter
sur

fur nous , & je vous demande s'il eſt permis de compter fur vos Co-quettes?

MERCURE.

Je crois que vous avez raiſon , Mademoiſelle Terpſichore , vous avez dans les. yeux une certaine éloquence qui me convertit de mo-ment en moment , & je ſuis preſ-que d'avis de me mettre tout de bon à vous aimer ; mais quoique je vous aye parû tout-à-l'heure aſſez peu preſſé ; je ſuis bien aiſe de vous avertir qu'il ne me faut pas trop diſputer la victoire ; je n'aime point à combattre ſi longtems , cela me fatigue.

TERPSICHORE.

Allez , allez , il vous faut des Coquettes

Coquettes & je ne la suis point.

MERCURE.

Eh bien, qu'à cela ne tienne, je vous aimerai comme honnête fille.

TERPSICHORE.

Non, Mercure, je ne suis pas digne de vous, mais je puis le devenir. Attendez-moi, quand j'aurai été bien galante, je vous le ferai savoir. Adieu, Mercure, jusqu'au revoir.

DIALOGUE

DIALOGUE VII.

APOLLON & MERCURE.

*S'il est raisonnable de crier si fort
contre les Passions.*

MERCURE.

DITES-moi donc quelque chose du voyage que vous fîtes
sur la terre, Neptune & vous : vous
dûtes bien faire les Messieurs avec
les avantages de votre origine.

APOLLON.

Non, je vous assûre : nous y vécû-
mes assez bourgeoisement. Une fois
pourtant, Neptune voulut se faire
Officier

Officier de vaisseau, mais il fut écarté par ses concurrens, & l'on lui dit qu'il n'entendoit pas assez bien la Mer. Je fus, moi tenté un moment de me faire bel esprit, & je crois que je m'en serois assez bien tiré ; mais je vis faire tant de bassesses à mes Confreres, & ce métier-là demande tant de manege que j'y renonçai.

MERCURE.

Commment ! vous restâtes-là les bras croisés tout le tems que vous y fûtes ?

APOLLON.

Pas tout-à-fait : il me prit un jour envie de me faire homme à bonne fortune ; je ne suis pas mal fait, comme vous savez, je sai joliment

ment la Musique, je fais passable-
ment des Vers. Quelqu'un que je
trouvai là me dit qu'il me manquoit d'être fat : je le devins. Muni
ainsi à peu près de ce qu'il me falloit, je me fis mener dans tout ce
qu'il y avoit de bonnes maisons à
Persepolis. Vous ne sauriez croire,
Mercure, la quantité de jolies femmes qui se jetterent à ma tête, j'en
eu tant, tant, que je m'en ennuyai :
ensuite de quoi je me fis Maçon.
Neptune qui étoit aussi-bien que
moi embarassé de sa figure me ser-
vit de manœuvre & nous nous
mîmes tous les deux pour nous
désennuyer à bâtir la ville de
Troyes à Laomédon qui nous en
avoit prié.

MER-

MERCURE.

La belle idée de vous faire Maçon, vous aviez tant de métiers plus honorables à faire. Que ne vous faisiez-vous par exemple, Avocat, ou Medecin?

APOLLON.

Il est vrai. J'avois assez de caquet pour l'un, & en m'efforçant je serois peut-être devenu assez Charlatan pour l'autre : mais mon dessein n'étoit pas de briller aux yeux des hommes, & je m'en tins au métier de Spectateur.

MERCURE.

Vous prîtes-là, ce me semble, un assez mauvais parti ; j'aurois mieux aimé à votre place, faire des sottises que d'en voir, cela est plus amusant.   APOL-

Vous avez raison : mais je ne
connoiſſois preſque pas les hommes ; on m'avoit d'ailleurs aſſûré
que je pouvois tirer un aſſez bon
parti de leurs ridicules , & la
vérité eſt que ce fut pour moi un
ſpectacle aſſez agréable. Je me réjoüis, par exemple beaucoup à les
voir ſe traiter d'animaux raiſonnables. Une choſe entr'autres qui
me plût , & qui eſt fort bonne
quand on ne ſe donne pas le tems
de s'ennuyer d'eux , c'eſt qu'ils
ſont dans leur eſpece aſſez variés.
J'en vis , qui , avec des réflexions
ſages avoient une conduite folle,
d'autres avec des réflexions folles ,
avoient une conduite ſage. Vous
ne

ne sauriez croire la quantité que je vis d'impudens qui se trouvoient tous fort bien de l'être. D'autres étoient sots, & malgré cela tous aussi fripons que s'ils avoient eu de l'esprit. Cela fait, comme vous voyez, de la variété.

MERCURE.

Oh, pour cela oui, il y en a, hors néantmoins sur un article ou deux.

APOLLON.

Eh, surquoi donc les avez-vous trouvés si uniformes ?

MERCURE.

Est-ce que vous ne vous souvenez pas qu'avec un profond respect qu'ils ont tous pour leur mérite ; ils ont encore un fond à peu près égal d'ignorance. Ajoutez à

C c cela

cela une curiosité qui les poi-
gnarde.

APOLLON.

S'ils n'étoient que curieux, je
ne dirois mot; ce que je ne leur
pardonne pas, c'est d'être méchans.

MERCURE.

La vérité est qu'ils ne le font pas
mal, du moins dans les différentes
commissions que m'a donné Jupiter me suis-je apperçu qu'il ne falloit pas trop les fâcher pour qu'ils
le devinssent.

APOLLON.

Que voulez-vous ? On leur a
donné des passions, & ces passions
ne font pas toûjours douces. Pre-
nez-y garde, hors l'Amour qui
les

les apprivoife, prefque toutes les autres les rendent méchans.

MERCURE.

Effectivement, il eût une jolie maniere de les apprivoifer dans la guerre de Troyes. Ne me parlez pas, Apollon, de l'Amour, c'eſt un enragé qui fait les trois quarts du mal qui arrive dans l'Univers.

APOLLON.

Et la vanité, à votre avis, n'en fait donc point ?

MERCURE.

Oui, elle en fait, mais combien auffi fait-elle de bien dont elle a la modeſtie de ne fe point vanter.

APOLLON.

Il eſt vrai que la vanité ne fe vante de rien, & qu'elle fait pref-que tout. Cc 2 MER-

MERCURE.

Qu'importe , le bien se trouve toûjours fait.

APOLLON.

Et le mal aussi.

MERCURE.

C'est-à-dire que les passions font tout.

APOLLON.

Sans doute.

MERCURE.

Et voilà ce qui me paroît fort mal imaginé ; car que font-elles ? beaucoup de mal à la Société.

APOLLON.

Ajoutez & fort peu de bien aux Particuliers qu'elles possedent.

MERCURE.

Vous avez raison , Apollon :

mais

mais que devenir auffi quand on n'en a point? Croyez-moi, on a beau dire du mal des paffions, il n'y a guere moyen de s'en paffer, ce font des rofes qu'on ne cueille qu'avec des épines, & que mal-gré ces épines on veut toûjours cueillir.

DIALOGUE

DIALOGUE VIII.

JUNON, PALLAS, MOMUS.

Qu'il ne faut pas qu'une honnête femme compte trop sur sa vertu.

JUNON.

ON dit que vous avez trouvé mauvais l'emprunt que j'ai fait de la ceinture de Venus.

MOMUS.

Sans doute : je l'ai trouvé mauvais : convenoit-il à une femme raisonnable d'aller réchauffer le cœur de son mari par de pareils artifices. Passe encore si ç'avoit été pour un amant.

JUNON.

JUNON.

Voilà d'assez mauvaises plaisanteries que vous faites-là, car vous savez bien comment la chose se passa : j'étois piquée contre les Troyens, Jupiter prenoit leur parti, ma colere, contre eux en redoubla : Je cherchai des moyens pour détourner les secours qu'il leur donnoit : la ceinture de Venus étoit propre à mon dessein. Je l'empruntai ; Jupiter fatigué s'endormit, & moi de me servir habilement de ce tems-là, & de me vanger à mon aise des Troyens.

MOMUS.

Fort bien : vous ne voulûtes que vous vanger, & il faut convenir que vous imaginâtes une maniere

assez

aſſez agréable ; mais penſez-vous
que le motif que vous vous donnez ſoit plus honnête que l'avidité
qu'on a droit de vous ſuppo-
ſer pour les carreſſes de votre
mari ; car de qui aviez-vous
à vous vanger ? De Paris , &
Paris , qu'avoit-il fait ? On lui
donne à juger à qui de Pallas ,
Venus & Vous doit appartenir la
pomme d'or ; Paris qui eſt un honnête homme en croit ſes yeux, s'en
rapporte au témoignage de ſa con-
ſcience, adjuge la pomme à Venus.
Voilà auſſi-tôt la fureur qui vous
prend , & vous ni ſavez pour vous
conſoler que d'aller maſſacrer les
Troyens : en vérité, Junon, voilà
deux aſſez vilaines aventures ; la
premiere

première, qui eſt pourtant la plus honuête, vous déclare prodigieuſement ſenſible à l'honneur de la beauté, l'autre eſt de nature à nous perſuader que vous n'en négligez pas les profits.

JUNON.

Vous êtes un impertinent, Momus, avec vos profits ; à l'égard de la pomme nous étions, ce me ſemble, aſſez belles, Pallas, & moi pour la diſputer.

MOMUS.

Soit : mais prudes comme vous l'êtes toutes deux, n'eût-il pas été mieux de l'abandonner de bonne grace à Venus : la lui diſputer, c'étoit vous mettre de niveau avec elle, & l'on n'eſt déjà que trop diſpoſé à vous y mettre.

Dd   PAL-

PALLAS.

Ce que vous dites-là, est du dernier ridicule.

MOMUS.

Eh, où est donc le ridicule? N'êtes-vous pas toutes, aussi aisés que Venus d'être trouvées belles ? vous êtes blessées, ce me semble, quand on ne vous le trouve pas. Je sai bien que Venus reçoit ses Amans mieux que vous : mais si l'on en croit les médisans, c'est pour qu'ils vous trouvent plus belles que vous les recevez mal. Écoutez, il faut être aussi aimable que Venus pour bien traiter son monde sans craindre d'y rien perdre, & il y a quelquefois autant d'art, que de vertu à être cruelle.

JUNON.

JUNON.

Vous êtes d'une insolence aujourd'hui, qu'il n'y a pas moyen de vous pardonner.

MOMUS.

Je ferai tout ce qu'il vous plaîra, Mesdames ; mais quand vous devriez-vous en fâcher, je prendrai la liberté de vous dire que qui vous analyseroit, Vénus & vous, qui mettroit de côté quelques dehors honnêtes qui vous laissent au fond telles que vous êtes, vous trouveroit à toutes, mêmes vûes, mêmes desseins qui s'exécutent par des voies différentes. Car, voyons, ne voulûtes-vous pas toutes deux avoir le prix de la beauté ? Ne consentîtes-vous pas pour l'avoir à l'examen

D d 2   indé-

indécent qu'il fallut faire de vos appas? Quel train n'avez-vous pas fait parceque vous ne l'aviez pas eu: croyez-moi, Mesdames, la différence qu'il y a d'une femme à une autre n'est pas aussi considérable qu'on se l'imagine, & telle de vous autres, qui jusques ici a été raisonnable, doit bien remercier les circonstances de l'avoir aidé à l'être, & ne feroit pas mal de les prier tous les matins de lui continuer leur protection; vous ne sauriez concevoir le besoin qu'en a l'honneur des femmes.

JUNON.

Voilà un joli portait que vous faites de nous; mais patience, vous tomberez quelque jour entre nos mains,

mains, & il y en a telle ici qui saura bien nous vanger de vos impertinences.

MOMUS.

Ce que vous dites-là, Mesdames, est très-malhonnête : pourquoi remettre à d'autres le soin de votre vengeance ? apparemment que je ne vous ai pas assez fâchées.

PALLAS.

Que voulez-vous dire ; vous ne nous avez pas assez fâchées ? Ne voilà-t-il pas une belle avance pour nous plaire que de nous fâcher.

MOMUS.

Pas si mauvaise : le grand point pour faire quelque chose de vous autres, c'est de vous mettre le cœur en mouvement, & fâchez

D d 3   que

que vous ne feriez pas les premieres auprès defquelles on auroit
réuffi en les faifant enrager. Toutes les paffions, les vives furtout,
ont entr'elles de l'affinité, & quelque loin qu'il y ait de l'une à l'autre, elles ne font pas longtems à
fe joindre ; leur vivacité les a bien-
tôt rapprochées.

JUNON.

Comment? Momus, je ne vous
croyois que plaifant ; vous voilà
aujourd'hui bien raifonneur.

MOMUS.

Il eft vrai, je le fuis quelques
fois : mais ce n'eft en vérité que
par honneur, & je m'en tiens plus
volontiers à mon métier de plaifant.

JUNON.

JUNON.

Voulez-vous me croire, ne soyez ni l'un ni l'autre ; les raisonneurs ennuient, les plaisans fâchent ; & pour être bien, il ne faut rien être de tout cela. Adieu, Momus, demandez-nous pardon des sottises que vous nous avez dites.

Dd 4 DIALO-

※※※※※※※※※※※※※※※※

DIALOGUE IX.

JUPITER & MARS.

Que la probité a ses douceurs.

JUPITER.

VOus êtes étrange, Dieu des combats, vous allez dire à tous nos Dieux qu'ils sont fripons. Il n'y a sorte de chose que vous ne disiez à nos Déesses ; apprenez du moins à nous dire des sottises. Aussi vous êtes trop brutal.

MARS.

Oui, morbleu, je suis brutal, mais j'ai de la probité, & c'est ma brutalité qui en fait foi ; il faut pour être tel que je suis, être au-

dessus

deſſus de tout reproche. Il faut
être ſûr qu'on n'en aura jamais
à eſſuyer, & vous n'êtes guere
raiſonnables tous tant que vous
êtes, de me tenir ſi peu de compte
d'une impétuoſité qui ne me permet pas l'envie & m'ôte ſûrement
le moyen de tromper perſonne.

JUPITER.

Mais encore faut-il pouvoir vivre avec les gens.

MARS.

Eh, je me ſoucie bien moi, de
vivre avec tout ce vilain monde
qui eſt dans votre Olympe. Je ne
vois en ce maudit païs que fauſſeté, que trahiſon, que perfidie,
Dieux, Déeſſes, tout ce qui ha-
bite ici, eſt d'une corruption à
faire

faire frémir, auffi mon parti eft-il pris.

JUPITER.

Quel eft donc ce beau parti ?

MARS.

C'eft de vous planter là tous.

JUPITER.

Ce que vous dites - là eft affez malhonnête ; mais du moins apprenez-nous où vous allez.

MARS.

Où je vais ? Sur la terre.

JUPITER.

Et c'eft-là où vous allez chercher de la probité.

MARS.

Oui , l'on m'a affûré que j'en trouverois : on dit qu'il y a encore d'honnêtes gens , qu'on s'y rend

des

DIALOGUES, &c. 323
des services mutuels ; on dit même
que plusieurs d'entr'eux sont capables d'amitié.

JUPITER.

Vous êtes une bonne personne
avec votre amitié. Apprenez que
celle que vous allez chercher là-
bas est une espece de trafic, une
maniere de commerce, où soi-
gneux de ce qu'il a, avide de ce
qu'il n'a pas, chaque particulier
compte exactement tous les matins ce qu'il a mis la veille dans la
Société, de soins, d'avances, de sa-
crifices, bien résolu de rompre le
marché, si dans son compte de recette, il ne voit pas nettement le
double ou le triple de ce qu'il y a
mis.

MARS.

MARS.

Cela n'est pas possible.

JUPITER.

Vraiment si cela est possible ;
& même cela est, & pour qu'il ne
manque rien à votre instruction, il
est bon de vous dire que ce petit
examen de ce qu'on met, & de ce
qu'on retire de soins, de complai-
sances, de services, de sauffetés, même si vous voulez quand il est fait
d'une maniere un peu agréable,
s'appelle délicatesse, car les beaux
noms en ce pays-là, ne manquent
pas pour les vilaines choses.

MARS.

Vous m'étonnez, & comment
raisonnable comme vous l'êtes,
pouvez-vous souffrir tous ces vilains commerces.   JU-

JUPITER.

Qu'appellez-vous vilains commerces ? Il n'y a rien de si joli, de si honnête : ce sont eux qui font les liens de la Société.

MARS.

Voilà effectivement de jolis liens.

JUPITER.

Jolis ou non, les hommes s'en accommodent. Nés presque tous avec une envie à peu près égale de se tromper, ils trouvent chez eux de quoi se démêler assez bien les uns des autres, ce qui n'est pas malheureux ; car il est vrai que le commerce ne va pas mal, & je vois avec satisfaction que tout le monde est content, parce que sans doute tout le monde croit gagner.

MARS.

Oh ! pour tout le monde, je vous
le nie ; outre les fots, qui fûrement font léfés ; car je ne prévois
pas que le bon du marché foit pour
eux, il doit encore y avoir des gens,
qui très-bien inftruits de leur intérêt, y vont fort mal ; des gens
comme moi qui fauroient bien être
fripons, mais qui ont de la répu-
gnance à l'être ; & ceux-là, avec
votre permiffion, Jupiter, ne doivent pas fe trouver trop bien de
votre arrangement.

J U P I T E R.

Vous voulez dire des gens d'efprit qui font honnêtes gens. Ah !
pour ce que j'en ai fait, il faudroit,
ce me femble être bien de mauvaise

fe humeur pour me les reprocher.
A l'égard du gros de la Société,
informez-vous-en, on vous dira
qu'il va le meilleur train du monde,
& il est de mauvaise grace à quelques Philosophes de gloser & d'in-
cidenter comme ils font sur des
bagatelles. Pourquoi les hommes,
disent-ils, se trompent-ils toute la
journée? Pourquoi se carressent-ils
tant, & se haïssent-ils si fort?
Qu'importe à ces Messieurs? Les
hommes ne font-ils pas polis, ne
font-ils pas gracieux, doux, préve-
nans, affables? n'ont-ils pas entr'eux des manieres charmantes?
ne vivent-ils pas les uns avec les
autres comme s'ils s'aimoient, &
n'est-ce pas un spectacle curieux
de

de voir rouler affez joliment enfemble des êtres qu'on ne pouvoit pas trop foupçonner d'y pouvoir aller.

MARS.

Vous avez raifon, & je conçois qu'il a fallu de l'efprit pour arranger tout cela comme vous l'avez fait.

JUPITER.

Sans doute, il en a fallu.

MARS.

Mais parlez-moi férieufement ; à y en mettre un peu plus, les chofes n'auroient-elles pas été mieux.

JUPITER.

Allez, Mars, vous raifonnez comme un homme, ce qui fignifie que vous ne favez ce que vous dites ;

dites; les choses sont très-bien,
& qui voudroit y mettre la réforme gâteroit tout. Quant à vous,
songez à devenir plus poli, & res-
tez avec nous si vous m'en croyez;
que si la fureur vous tient de voyager, remettez vôtre voyage : il y a
des momens à prendre pour aller
sur la terre, les hommes en tout
tems ne font pas également per-
vers; las de leur injustice, j'envoie de tems en tems Astrée sur
la terre y porter un peu d'innocence; je vois même à l'heure que je
vous parle des siecles où l'on aura
impunément de la vertu, où l'on
aura même bonne grace à en avoir,
& ce fera quelqu'un de ces tems
heureux qu'il vous faudra prendre

pour contenter votre curiofité.

MARS.

Mais en attendant ces beaux jours que vous me promettez ; qu'eft-ce que je deviendrai ? car je vous le déclare , il ne m'eft plus poffible de vivre avec vos fripons.

JUPITER.

Allez, allez, Mars, ne vous défefpérez pas , à force de vivre avec les fripons on le devient quelques fois.

MARS.

Vous me trompez , Jupiter , on ne fe dénature pas. Les Dieux, mes Confreres , feront toûjours fripons , & moi duffais-je en enrager j'ai bien l'air de refter tel que je fuis.

JUPITER.

JUPITER.

Eh bien, avoir de la probité est-
ce donc un si grand malheur !

MARS.

Vous avez raison, Jupiter, & je
m'y tiens malgré mes plaintes ; il
y a dans la probité un je ne sçai
quoi de satisfaisant qui fait soûtenir
les peines du métier ; il est vrai
qu'on y a les fripons à craindre, &
en conséquence à ménager; car par
tout où ils sont, ils sont les Maîtres, & tout en respectant la vertu, leur coûtume est de l'oppri-
mer, parcequ'ils la craignent.

Ee 2   DIALO

❀❀❀❀❀❀❀❀❀❀❀❀❀❀❀

DIALOGUE X.

MERCURE & JUPITER.

*Que les motifs de nos actions importent peu
à la Société, pourvû que nos actions
lui soient utiles.*

JUPITER.

DIs-moi, Mercure, te voilà bien échauffé, as-tu appris quelque chose de nouveau dans le dernier voyage que tu-as fais sur la terre.

MERCURE.

Oui vraiment, & quelque chose même qui vous intéresse.

JUPITER.

Conte-moi donc au plus vîte.

MER-

MERCURE.

Voici ce que c'est. Un Philosophe nous a fait entrer dernière-
ment en conversation, & ces conversations il les a appellées des
Dialogues. Or vous saurez qu'il n'y
a sorte de mauvais raisonnemens
qu'on ne nous fasse faire dans ces
Dialogues ; mais l'Auteur ne s'y
jouera plus, & il n'a pas mal été
grondé des sottises qu'il nous a
fait dire. Sérieusement, vous eussiez été charmé de la maniere dont
les hommes ont pris notre parti :
& il y auroit en vérité de l'ingratitude à vous, à ne leur pas tenir
compte du soin qu'ils prennent que
votre dignité ne soit lésée.

JUPITER.

JUPITER.

Moi , leur en tenir compte ?
'Ah , Mercure , tu me prends pour
un autre ? & ce font de bons fripons que les hommes.

MERCURE.

Cela peut être : mais le faifeur
de Dialogues eft toûjours un impertinent qui nous manque de ref-
pect & vous devriez, ce me femble , le trouver mauvais.

JUPITER.

Eh ! pourquoi veux-tu que je le
trouve mauvais? Peut-on nous traiter plus cavalierement que l'a fait
Homere? L'en avons nous grondé,
& puis , comment veux - tu que
faffent les hommes ? & qui fait s'ils
ne croient pas nous honorer en

nous

nous donnant leurs ridicules.

MERCURE.

Vous en direz ce qu'il vous plaira, on a fort bien fait de crier contre l'Auteur des Dialogues, c'est un sophiste qui met un dérangement épouvantable dans la maniere ordinaire de penser, tout est brouillé, tout est confondu chez lui, vertus & vices, physique & morale. A l'entendre, les hommes font des girouettes qui tournent à tous vents : la sagesse elle-même est une passion. Que fais-je ce qu'il y a encore dans ces Dialogues.

JUPITER.

Tu es de mauvaise humeur, Mercure, & l'Auteur, ce me semble
ble

blé, n'a pas tout-à-fait dit ce que
tu lui fais dire. Il est bien vrai,
qu'il a quelquefois un peu trop
badiné ; mais depuis il s'est expli-
qué, & l'on m'a assûré qu'il l'avoit
fait d'une maniere fort raisonnable.

MERCURE.

Vous m'étonnez, avec votre
douceur, & je vous aurois crû
plus pointilleux que vous ne l'êtes
sur le chapitre de la morale.

JUPITER.

Eh, Mercure, crois-tu qu'il y
ait de si grands profits à attendre
de la morale. Qu'on apprenne aux
hommes à penser comme on voudra sur le chapitre des vertus &
des vices, ils agiront toûjours
comme

comme il plaira à leur cœur ; c'eſt
par le cœur que les hommes ſont
conduits ; l'eſprit n'eſt que le ſpec-
tateur de leurs actions : & puis
(car c'eſt de cela qu'il eſt queſtion)
dans les Dialogues qu'importe
des motifs qu'on donne aux actions
des hommes, pourvû que ces actions ſoient bonnes, c'eſt - à - dire
utiles à la Société. Pour moi qui en
ſuis le Directeur, je ſuis content
du train qu'elle va, & je ne crains
point qu'il change. Les reſſorts
qui font joüer la Société n'eſſuient
point de changement par l'examen
qu'on en fait, la grande machine
aura toûjours ſon jeu, & ſi j'ai permis aux curieux d'y connoître

Ff   quelque

quelque chofe, crois-moi, Mercure, j'ai bien pris mes mesures pour qu'ils n'y touchaffent pas.

ÉCLAIRCISSEMENT

SUR

LES DIALOGUES

DES DIEUX.

ON n'a point fait de Critique expresse de mon Livre; il en est peu qui méritent tant d'honneur, & je n'ai point eu l'orgueil d'attendre du Public un pareil témoignage de son estime. Le Public cependant qui ne m'a pas jugé digne d'une Critique dans les formes, a bien voulu cen-

furer

furer, d'une maniere vague plufieurs, endroits de mon Ouvrage.
On dit que la fureur que j'ai eue
d'être agréable, m'a permis rarement d'être exact ; qu'il m'eft fouvent arrivé de gâter la vérité en
voulant l'embellir. J'ai à répondre à une accufation qui me touche
bien plus, & c'eft pour m'en juftifier que je prends aujourd'hui la
plume. Non, ce n'eft point la vanité d'Auteur qui me réveille,
un motif plus noble m'anime, &
peu jaloux de la réputation de
l'efprit, j'abandonnerois volontiers les défauts de mon Ouvrage,
fi l'on ne m'attaquoit par un endroit mille fois plus fenfible.

On m'accufe, & c'eft le reproche

che dont il m'importe le plus de me laver : on m'accuse d'avoir confondu & brouillé les idées de la morale, & l'on va jusqu'à prétendre qu'à force de les analyser, je suis parvenu à les réduire à rien. A Dieu ne plaise, que j'aie formé un dessein si coupable. Quand je traite des vertus humaines, content de découvrir ce qu'elles ont d'imperfection, je ne leur ôte jamais le prix attaché à leur essence. A l'égard des vices, si j'ai quelquefois anobli ou caché leur laideur, ç'a toûjours été pour lever les voiles honnêtes, pour montrer les apparences vertueuses dont ils n'ont que trop souvent l'adresse de s'embellir.

Ff 3　Tout

Tout mon tort se réduit donc à avoir exposé des idées ordinaires d'une maniere nouvelle. Je ne voulois que piquer l'esprit, je l'ai effrayé ; & voici, où je suis bien trompé, la cause de son effroi. Une des choses dont nous nous targuons le plus, qui releve & bouffit le plus notre orgueil, c'est la possession de nos prétendues belles qualités. Le dessein de les décrier m'a piqué, & il n'y a pas de doute que mon projet bien exécuté n'eût été extremement utile ; car c'est du cas ridicule que nous faisons de nous-mêmes que naît cette foule prodigieuse de préjugés & de vices que corrigeroit la connoissance de nous-mêmes, si nous pouvions par-

parvenir à la prendre un peu dif-
tincte. J'ai mal réuffi à la donner,
voilà mon crime. Au refte, je puis
affûrer le Public qu'en fongeant à
le rendre, & plus modefte & plus
raifonnable ; mon deffein n'a point
été de changer les idées qu'il a fur
les vertus & fur les vices, que s'il
en a crû plus que je ne voulois, je
fuis toûjours coupable de m'être
mal exprimé. Sans doute le goût
que j'ai eu de donner des Paradoxes ne m'a pas fait avoir affez d'é-
gard au fonds de ma matiere. Les
Paradoxes piquent & réveillent
l'efprit humain, & il n'y a pas de
mal de lui en préfenter quelquefois pour lui donner de l'exercice :
mais la prudence veut qu'on choi-

fiffe

fiffe fes matieres, & des matieres de morale étoient trop importantes pour recevoir la forme de Paradoxe. On doit me rendre la juftice de croire qu'avec un peu plus d'attention, je n'aurois pas donné fujet de mal penfer de moi à mon Lecteur, & je l'efpere d'autant plus volontiers, que je fuis prêt de faire en fa faveur ce que permet rarement l'orgueil humain. Je condamnerai moi-même mes idées dès qu'elles feront capables de bleffer la morale : mais je crois n'avoir à juftifier ici que mes expreffions: il eft bien jufte qu'on me confole un peu du tort qu'on m'a fait ; avec quelle rigueur, par exemple, n'ai-je pas été jugé ! Que n'a-t-on

pas

pas dit au sujet de ce que j'ai avancé sur l'ingratitude ? & n'y a-t-il pas eu de la cruauté, à en prendre le droit de soupçonner les qualités de mon cœur. Que le Public à l'occasion de l'injustice qu'il m'a faite, apprenne aujourd'hui une chose qu'il ne sait pas & qui servira peut-être à le corriger, la voici. *L'audace qui fait décrier les qualités du cœur marque que celui qui les décrie les possede, & qu'il ne se croit pas obligé à vanter son bien.* * Je n'appuierai

---

* Aussi ceux qui ont quelque connoissance de l'homme, se défient-ils toûjours de ceux qui ont la fureur de prôner les qualités de leur cœur : c'est que les Philosophes savent que les hommes parlent

puierai pas fur un raifonnement ;
ou pour mieux dire fur un fait dont
ceux qui favent fe tâter , trouve-
ront chez eux toute la force. A l'é-
gard des autres, qu'ils fachent que
la corruption de l'efprit n'entraîne pas celle du cœur. Il y en a
taht

parlent prefque toûjours d'après une
erreur d'imagination qui leur perfuade
qu'on les pénetre : de-là , la négligence
d'un honnête homme à fe juftifier d'un
crime dont il ne fe fent point capable :
de - là , l'éloquence qu'emploient les
coquins pour écarter des foupçons qu'on
n'a quelquefois pas fongé à prendre.
Les bonnes gens ne prennent pas garde que fe juftifier avec trop de vivacité ,
c'eft prefque s'accufer ; c'eft fans le vouloir fe déclarer coupable.

tant d'exemples dans l'antiquité, que ce seroit me vanger du Public, que de prodiguer ici un étalage d'érudition qui l'ennuieroit, & le feroit rougir peut-être de l'injuſtice qu'il m'a faite.

Il eſt ſi facile de blâmer un Auteur, qui, quand nous le liſons, n'eſt pas à côté de nous pour ſe défendre, que nous devrions, ce me ſemble, mettre un peu plus de façon à le condamner. A-t'on ſongé, par exemple, avant que de crier contre moi, à la multitude d'embarras où m'a jetté le genre de mon Ouvrage? genre badin, où pour ſoûtenir mon ton, où pour être comme il me convenoit, continuellement agréable, il ne m'a pas

été

été possible d'entrer dans des détails qui auroient, à la vérité, donné du jour à mes idées, mais qui auroient en même-tems donné à mes Dialogues une sécheresse & une pesanteur que j'ai été bien aise qu'on ne leur trouvât pas.

Il y a plus : comme plusieurs de mes Dialogues roulent sur des idées galantes, que tout doit être de la même couleur dans un Ouvrage, que l'uniformité est celle de nos Lois qu'il nous est le moins permis d'enfreindre ; j'ai crû devoir traiter les matieres sérieuses d'une maniere qui ne le fût pas. J'ai quelquefois aussi traité des matieres gaies d'une maniere encore plus gaie ; mais quand on
donne

donne des plaifanteries pour ce qu'elles font, on a droit, ce me femble, d'être auffi plaifant qu'on veut, & le Dialogue eft un genre d'écrire où l'on doit efpérer que ce qu'on dit ne fera pas toûjours pris au pié de la lettre.

Il y auroit affûrément de l'inju-ftice à me chicanner fur le Dialo-gue, où Vulcain prétend être ho-noré de l'infidélité de fa femme. Auroit-on bonne grace à me dire que je veux changer la maniere ordinaire de penfer ? Non, on voit bien que je badine : les idées du Dialogue, la tournure que je leur donne le font affez connoître, & en vérité quand le vrai & le faux font mêlés enfemble, un Lecteur

eft

est bien ingrat de les confondre. Ce dont il fait un crime, est une preuve de l'estime qu'on a pour lui, & seroit-il juste d'être puni d'avoir compté sur son intelligence ? Enfin, il me semble que c'est au Lecteur à deviner l'intention d'un Auteur qui veut quelquefois qu'on rabatte de ce qu'il dit, & qu'on réduise les choses à leur juste valeur. Je serois fâché, par exemple, qu'on eût pris au pié de la lettre, ce que je dis dans un de mes Dialogues, où il est question de la gloire que j'ai peut-être un peu trop décriée : mais quel risque court-on de décrier les impressions générales de la Nature ? On a beau en médire, on ne les enleve à personne ;

sonne ; car qu'on ne s'y trompe point, l'amour de l'estime n'est point un préjugé de l'opinion, & quoiqu'il serve au bien de la Société, il ne faut pas croire que nous le tenions de sa politique. La Nature, dès qu'elle nous voit en état d'exercer nos facultés nous inspire le desir de l'élévation, desir qui combat tellement notre paresse qu'il n'y a point d'homme, si paresseux qu'il soit, qui renonce entierement à l'estime des autres hommes, & qui ne se donne du mouvement plus ou moins pour l'acquérir ; mouvement qui tourne presque toûjours au bien de la Société. Ce qu'il y a de certain, c'est que bien que j'aie décrié la gloire ;

on

on peut dire en sa faveur des choses beaucoup meilleures que celles
que j'ai dites contre elle, & ceux
qui la recherchent, ne sont point
si sots que je les ai faits dans mon
Dialogue, où j'ai pourtant dit que
la gloire dédommageoit des sacri-
fices qu'elle faisoit faire. Que n'y-
a-t-il pas, en effet, à gagner pour
ceux qui songent à acquérir de
l'estime. On n'y pense pas, quand
on dit que la gloire est une chimere : ne tire-t-on pas de la gloire
mille avantages réels ? & la place
honorable qu'on occupe dans l'esprit des hommes, n'est - elle pas
ordinairement accompagnée de
commodités solides ?

Il y a peut-être encore des endroits

droits dans mes Dialogues qui mé-
riteroient quelques éclaircissèmens
de ma part : mais je crois faire ma
cour au Public en lui épargnant
des détails qui l'ennuieroient. Que
si quelque chose l'embarrasse, qu'il
substitue à mes idées cellesqu'il lui
convient d'avoir, ce seront les
miennes ; si j'ai paru coupable à
ses yeux, c'est sûrement pour
avoir compté & peut-être un peu
trop sur mon innocence. On croit
ordinairement, & l'on a une espece de raison de croire que nous ne
saurions être trop maîtres de notre
matiere. Sait-on que dans cet état,
tout brillant qu'il est, il y a encore
pour nous des écueils à craindre ?
Comme le sujet que nous avons

G g   long-

longtems & profondément médi-
té, est distinct à notre esprit, que
nous voyons d'un coup d'œil,
toutes les idées qui en dépendent,
que nous en sentons tous les rapports ; deux mots suffisent pour
nous rendre notre matiere présente, & avec ces deux mots nous
comptons fierement nous faire entendre. Qu'arrive-t-il ? Le Lecteur
qui n'a pas la même avance, fatigue, entend mal, souvent n'entend pas, & a réellement droit de
se plaindre de ce que nous avons
trop compté sur son intelligence.
A combien d'autres, & de bien
plus grands périls encore est exposé un Auteur qui s'ingere à examiner d'un nouveau côté les idées
qu'on

qu'on a ordinairement de la morale, & quelque bien qu'il s'y prenne, n'y-a-t-il pas à lui de la témérité à détourner le Lecteur des vûes qui lui sont familieres, quand il en auroit de plus belles & de plus cu-rieuses à lui donner ?

Encore une chose à quoi un Auteur, quand il est raisonnable, doit faire une attention sérieuse ; c'est à ne point badiner sur des ma-tieres, qui, par leur gravité & leur importance se refusent au badina-ge. Quand on doit éclairer, que la nature du sujet le demande, il faut ne faire que cela. Nul risque alors de faire des impressions dan-gereuses, parcequ'en présentant une idée, on l'analyse assez exactement

Gg 2　　pour

pour la montrer dans son vrai jour ; mais veut-on badiner sur une idée qui demande à être approfondie, c'est une nécessité que l'agrément, quelque judicieusement qu'il soit employé, nuise un peu à la netteté de la matiere, qui ne sauroit être trop profondément discutée, lorsqu'on ne veut rien laisser d'équivoque à l'esprit, à qui il importe de voir nettement les choses qui l'intéressent, & sur lesquelles il est dangereux pour lui de se tromper. Or il m'est arrivé souvent de faire le contraire. J'ai badiné sur des matieres fort sérieuses, & ce que j'ai donné au badinage a été autant de pris sur l'intelligence que je voulois qu'on eût de mes idées. Je n'en n'en dirai pas davantage, & voilà, ce me semble, assez de choses que je me reproche pour me justifier : mais que ne dois-je pas faire pour engager le Public à perdre la mauvaise opinion qu'il a conçue de moi, & qu'il s'est crû apparemment fondé à prendre.

On m'accuse d'un autre défaut : J'ai, dit-on, laissé échapper quelques négligences de style. Peut-être a-t-on raison : mais on ne songe pas qu'il y a des négligences qui font des graces. Un style toûjours elevé peineroit, il faut quelquefois mettre pied à terre, & se reposer. Ces repos sont appellés négligences. Je le veux bien ; mais je soûtiens que ces négligences sont né-

néceſſaires : le grand art d'un Auteur eſt de mettre ſes ornemens à leur place, & de les ménager ; il faut avoir la force de renoncer quelquefois à plaire, pour plaire enſuite, & mieux & plus ſûrement. Que de beaux traits ſoient trop preſſés dans un Diſcours, la grande abondance leur fera tort. On ne veut pas toûjours admirer, il ſemble que cela coûte. Ce qu'il y a de vrai, c'eſt qu'une beauté miſe à côté d'une autre perdra de ſon prix : mais ce prix ſera rendu aux deux beautés par quelque choſe de ſimple qui les ſéparera. Le plaiſir veut des intervalles, & il faut prendre haleine pour être mieux touché.

Ce

Ce que je dis néantmoins, ne justifie point mes négligences, & il y en a telles dans mon Ouvrage, que je n'oferois faire paffer pour des graces ; mais ce n'eft pas tout-à-fait ma faute. Mon Ouvrage parut avant qu'il eût reçu fa derniere forme, & je cédai à des circonftances qui me prefferent de le publier. Au refte, je n'oblige point le Public à fe payer d'une pareille excufe, il mérite bien qu'on ait l'attention de ne point fe montrer à lui qu'on ne foit digne d'y paroître.

Il eft tems maintenant de tenir ma parole : J'ai promis au commencement de mon Difcours que je répondrois aux gens exacts, & je m'acquiterai d'autant plus volontiers

lontiers de ma promeſſe, que c'eſt l'eſpece de gens la plus eſtimable de l'empire des Lettres.

Il en eſt quelques-uns qui défendent toutes ſortes d'ornemens, & qui pour qu'on n'ait rien à leur dire, ſe les défendent d'ordinaire à eux-mêmes. La vérité, diſent-ils, n'a-t-elle pas de quoi plaire aux hommes ſans parure étrangere ? Qu'a-t-on affaire de ces graces qui la défigurent ? & un Auteur ne ſauroit-il faire briller ſon eſprit que ce ne ſoit aux dépens de la vérité ? Certes, voilà un zele qu'on ne ſauroit trop admirer ; mais je voudrois bien que ces Meſſieurs fiſſent paſſer ce zele dans l'eſprit des Lecteurs ; car enfin, les Lecteurs qui
veulent

veulent bien être inftruits , veulent
auffi qu'on les amufe , & fur ce pié-
là, voyons fi j'ai tort. Il faudra pour
cela que j'examine l'exactitude &
fes ufages,& que je prenne les chofes d'un peu haut ; mais j'en fuis
charmé. Je rétablirai peut-être ma
réputation auprès des gens exacts ,
en leur montrant que je ne fuis
pas toûjours badin.

L'exactitude eft la qualité effen-
tielle de l'efprit , & quoique les
autres foient plus brillantes , elles
ne méritent cependant de l'eftime
que lorfque l'exactitude leur fert
de fondement.

La vivacité de l'efprit , * ou
pour

* Il y a deux fortes de vivacité , l'une

H h   qui

pour mieux dire de l'imagination ,
est employée à donner du corps
aux

---

qui étant plutôt vivacité d'imagination ,
que vivacité d'esprit , donne du corps
aux idées , les anime , les vivifie , &
par la prise qu'elle leur donne , met le
Lecteur en état de les saisir & de les tenir même quelque tems sans fatigue.
L'autre sorte de vivacité , qu'on peut
appeller vivacité d'intelligence ; est une
faculté de l'ame , qui sans étude & sans
effort , sans le long & pénible circuit des
raisonnemens , saisit & enleve avec
promptitude tout ce qui lui est offert.
On ne sauroit douter que ces deux sortes de vivacité , toutes deux extremement aimables , ne soient toutes deux
extremement nécessaires. Mais on ne
songe pas que faute d'être tempérées
l'une & l'autre au degré qu'elles doivent
l'être ,

aux idées qui n'en ont point, & à
soulager le Lecteur qui est bien
aise

---

l'être, elles font perdre quelquefois tout
le fruit que naturellement on devoit en
attendre. Premierement, s'il y a trop de
vivacité, c'est-à-dire, trop de vigueur
dans l'imagination, les objets qu'elle
peindra étant grossis seront défigurés;
ce ne seront plus eux, on ne les verra
plus tels qu'ils sont. D'un autre côté, s'il
y a trop de vivacité dans l'esprit, le
grand nombre d'idées qui s'offriront à
lui, la vitesse & la promptitude qu'il
aura mis à les voir, l'éblouira; il n'aura
pas tout vû, aura vû mal, & par une
conséquence nécessaire sera forcé de
rendre comme il aura vû. Le danger de
la trop grande vivacité, je parle de celle
de l'imagination, va plus loin que celle
de l'esprit; elle nuit prodigieusement à

H h 2   la

aïfe d'avoir à quoi fe tenir. La
fineffe fert à aller chercher dans
les chofes ce qu'il y a de plus caché.

---

la délicateffe. J'ai connu des gens vifs
à la fois & délicats ; mais peut - être
euffent-ils été encore plus délicats,s'ils a-
voient été moins vifs.L'expérience montre journellement que cette imagination
dominante ; cette vivacité vigoureufe
qui faifit & peint avec force , prend toûjours un peu & ordinairement beaucoup fur la délicateffe du fentiment. La
vivacité de l'imagination dans les femmes , eft plus compatible avec la délicateffe ; c'eft que leurs organes moins
forts, en font plus délicats : plus vives
que nous, elles font moins fortes, &
c'eft apparemment ce moins de force
dans l'organifation qui leur rend le fentiment plus délicat.

ché. L'ufage de la délicatefle eft de ne pas dire tout , & d'en dire pourtant affez. L'étendue de l'efprit fait voir plufieurs idées à la fois,& les laifle voir diftinctement. Il eft aifé de s'appercevoir que toutes lés qualités de l'efprit ont un befoin néceffaire de l'exactitude. Nous allons le voir en détail.

Une imagination vive & qui ne fera point exacte, donnera du corps aux idées ; mais elle leur en donnera trop. Or une image pour plaire, ainfi que pour éclairer, doit repréfenter l'objet tel qu'il eft. Un efprit qui fera fin , trouvera bien dans une matiere ce qu'il y aura de plus caché , & ce qui feroit échappé à d'autres : mais comment ,

H h 3   fans

fans le fecours de l'exactitude ;
verra-t-il & exprimera-t-il la liaifon
de ce qu'il a trouvé, avec ce qu'il
favoit déjà ? Une imagination délicate donnera trop à deviner, fi
elle n'a une forte d'exactitude,
qui appartient au fentiment plutôt
qu'à l'efprit ; & l'efprit qui ne fera
qu'étendu, verra plufieurs chofes
& ne faura pas profiter du nombre
de fes vûes.

On voit clairement par ces détails l'importance de la qualité de
l'efprit qu'on nomme exactitude ; quelque néceffaire néantmoins
qu'en foit l'ufage, outre qu'il n'eft
pas fage de l'employer toûjours,
on doit encore, quand on l'emploie, le faire avec referve. Tou-

tes.

tes les qualités de l'esprit, je n'en
excepte pas une, sont nécessaires,
toutes doivent tendre & concou-
rir à la perfection d'un Ouvrage,
& telle qualité qui y manqueroit
en enleveroit ou du moins en affoi-
bliroit la beauté ; car c'est le mélange de ces qualités qui forme un
Ouvrage parfait : mais qu'on y
prenne garde, ce mélange doit être
tel qu'aucune qualité ne domine.
On doit sentir l'agrément d'un bel
Ouvrage sans savoir précisément à
quoi on le doit, & l'assortiment de
ce qu'on y met pour plaire doit être
si bien ménagé, que frappé de la
beauté du tout, on ne puisse faire
honneur du plaisir que l'on reçoit
à aucune qualité de l'esprit en particulier. Hh 4 Telle

Telle eſt l'idée que j'ai de la perfection d'un Ouvrage, & ſelon cette idée, l'exactitude n'y doit avoir part, que comme les autres qualités de l'eſprit, ou ſi l'on veut un peu plus, parceque c'eſt elle qui les regle & qu'elles ne ſauroient ſe paſſer de ſon ſecours.

Ce n'eſt pas l'avis des Partiſans de l'exactitude, ils veulent qu'elle s'empare d'un Ouvrage, au point d'en exclurre preſque toutes les autres qualités de l'eſprit, & c'eſt ce qu'elle fait néceſſairement, lorſqu'elle n'eſt pas modérée. Ce n'eſt pourtant pas le moyen de plaire ; peut-être même en certains cas d'éclairer, que de laiſſer régner une exactitude ſeche & ſcrupuleuſe.

dans

dans un Ouvrage. Des qualités qui font deftinées à aller enfemble doivent faire harmonie entr'elles , & celle qui voudroit trop briller, ne dédommageroit point par le plaifir qu'elle donneroit de celui qu'auroit fourni l'accord des qualités qu'elle étouffe. Il eft certain , par exemple , que l'exactitude pouffée trop loin , fans parler du préjudice qu'elle porte aux autres qualités de l'efprit ; fait perdre abfolument l'agrément de la délicateffe ; car la délicateffe ne veut pas qu'on dife tout , & l'extrême exactitude veut qu'on préfente à l'efprit une idée tellement nette , qu'il ne lui refte rien à chercher. Si cela eft , l'exactitude eft une

qualité

qualité dont il eſt important de borner l'uſage , & il y aura quelquefois de l'art à n'être pas auſſi exact qu'on le pourroit être.

Il faut que je diſe une choſe qui paroîtra ſinguliere à ceux qui n'y auront pas pris garde , & qui va à borner l'exactitude , ſurtout celle qui veut que non ſeulement les raiſonnemens ſoient exacts ; mais encore les principes dont ils ſont tirés. L'enjouement ſe tire quelquefois de la fauſſeté ; par exemple , lorſqu'on raiſonne de ſes ſentimens comme ſi l'on en étoit le maître : on fait une impreſſion agréable. Auſſi , eſt-ce cette maniere de raiſonner conſéquemment à un principe faux , qui forme

preſque

presque toûjours l'enjouement ?
» Il y a long-tems , dit Monsieur
» de Fontenelle dans la premiere
» de ses Lettres Galantes , que
» j'aurois pris, Madame , la liberté
» de vous aimer, si vous aviez le
» loisir d'être aimée de moi : mais
» vous êtes trop occupée par je ne
» sai combien d'autres Soupirans ,
» & j'ai jugé plus à propos de vous
» garder mon amour. »

Monsieur de Fontenelle suppose ici que nous sommes maîtres de
nos sentimens , & c'est de cette
petite fausseté que nous reconnois-
sons bien-tôt pour manifeste, que
naît notre étonnement & en conséquence notre plaisir ; c'est que le
faux ne déplaît point à l'esprit ,
lors-

lorſqu'il lui eſt préſenté pour ce
qu'il eſt ; & comme il aime à travailler , pourvû que ce ſoit ſans fatigue , il eſt quelquefois charmé
qu'on le mette en état de ſubſtituer
le vrai au faux qu'on lui offre pour
tel. *   On

---

* Il convient d'avertir ici que l'emploi du faux qu'on donne pour vrai n'eſt
pas toûjours agréable ; s'il a le mérite
d'être piquant , on doit ſe ſouvenir qu'il
a le défaut de ſortir du naturel ; en con-
ſéquence de quoi il faut avoir la prudence de l'employer rarement & toûjours
avec diſcrétion ; ſans quoi , d'agrément
qu'il étoit , il devient vice. Auſſi , Monſieur de Fontenelle ne l'emploie-t-il ici
que dans une Lettre de badinage & avec
la ſageſſe qu'on devoit attendre d'un
homme tel que lui.

On vient de voir & l'on a vû suffisamment combien l'exactitude, quand elle n'étoit pas ménagée, prenoit fur toutes les qualités de l'esprit, & ce qu'il y a de fâcheux, fur les plus aimables. Il est tems maintenant d'avertir que malgré l'ennui qu'elle traîne ordinairement après elle, il faut quelquefois la pousser aussi loin qu'elle peut aller ; lorsque le sujet, par exemple, qu'on a à traiter demande de la discussion, qu'on a en main des idées fines & difficiles à comparer ; que fans faire affront à son Lecteur on a droit de se défier de son intelligence ; c'est alors une nécessité d'être exact, de l'être même à toute rigueur, & il seroit ridicule de donner

donner à deviner à l'esprit des choses, qui rendues avec toute la netteté dont elles sont capables, se
laissent à peine saisir. Mais je le
dirai, & il y a trop longtems que
j'ai envie de le dire, s'il est des cas
où il est important d'être exact,
je n'en sai point où l'on ait bonne
grace à paroître accablé de son
sujet quel qu'il puisse être. Nous
n'aimons pas les gens qui ont pour
la vérité une sorte de respect qui
marque qu'ils n'ont point d'habitude avec elle : il en est, qui par
la gravité avec laquelle ils rendent
un sujet, font sentir la peine qu'ils
ont eûe à s'en rendre maîtres. Vous
sentez les efforts qu'ils font pour
se faire entendre, & vous en faites
avec

avec eux. Un Lecteur qui veut qu'on lui donne de la lumiere, souffre quand il voit qu'il en a tant coûté pour lui en donner.

Voilà en gros mes idées au sujet de l'exactitude, il eût sans doute été prudent à moi de m'y assujettir; mais la nature de mon Ouvrage, le genre du Dialogue que j'ai choisi ne m'a pas toûjours permis de les suivre. J'ai badiné sur des matieres un peu composées & peut-être ai-je eu tort ; mais on est bien embar-rassé ; ce qui est deviné par un Lec-teur pénétrant, échappe à un au-tre qui ne l'est point , & de-là il arrive que l'un vous méprise , & que l'autre vous estime. Il fau-droit, pour bien faire , que la Na-ture

ture eût donné la même portée à tous les esprits , & alors on donneroit à ses idées cette mesure de délicatesse , qui fait qu'on est entendu & cependant deviné.

A l'égard du Discours qui est à la tête des Dialogues ; je n'en dirai mot , parce qu'on n'en a pas été allarmé comme des Dialogues. Quelques personnes néantmoins ne veulent point que le Dialogue soit le genre d'écrire le plus ancien , & ils peuvent à la rigueur avoir raison : aussi n'ai - je donné mon opinion sur l'ancienne origine du Dialogue , que comme une simple conjecture. Voici pourtant un trait qui pourroit lui donner du fondement.

Un

Un Payſan de Xaintonge , nommé Bernard Palici , a fait il y a environ 150 ans un Ouvrage en forme de Dialogues ; ſes Dialogues roulent ſur l'Agriculture , dans laquelle il prétend que ſe trouve la Pierre Philoſophale. Il traite auſſi en paſſant de quelques matieres de Phyſique dont il donne des raiſons dignes d'un Philoſophe Lettré. Bernard Palici ne l'étoit pourtant point , & il ſe plaint dans l'un de ſes Dialogues de ne ſavoir pas lire ; défaut ſans lequel notre Payſan ajoute qu'il auroit été un grand homme. * Les talens de la Nature veulent

---

* Voici la note de Monſieur le Clerc. Il importe au Public qu'il l'ait , &

Iʒ   il

veulent être cultivés , peut-être
que Bernard Palici avoit la tête
propre

---

il eft de mon devoir de la donner.

    » Bernard Palifli , & non pas Palici ,
» comme l'écrit ici l'Auteur, dont on
» n'a point voulu changer l'orthogra-
» phe dans cette nouvelle édition , vi-
» voit il y a plus de 150 ans, puifqu'en
» 1563. il avoit déjà publié un Ouvrage
» de fa façon. Il étoit d'Agen , & de-
» meura pendant quelques années à
» Xaintes , où il prenoit le titre d'ou-
» vrier de terre & Inventeur des rufti-
» ques Figulines du Roi & de Monfieur
» le Duc de Montmorency , Pair &
» Connétable de France. De-là il vint à
» Paris, où en 1584. agé de 60 ans , il
» faifoit encore des leçons de fa fcience
» & profeffion , comme le témoigne la
» Croix du Maine à la page 31. de fa
                       Bi-

propre à former un Syſtème de
Philoſophie comme Deſcartes ;
mais

» Bibliotheque des Auteurs François,
» ce qui paroît s'accorder aſſez peu avec
» ce que dit ici de lui l'Auteur, ſavoir ;
» qu'il ne ſavoit pas lire, & qu'il n'avoit
» ordinairement devant les yeux qu'une
» bêche & qu'un hoyau Quoi qu'il en
» ſoit, il nous reſte deux Ouvrages de
» ſa compoſition dont le ſecond qui eſt
» écrit en forme de Dialogue, eſt peut-
» être celui dont l'Auteur veut parler
» ici. L'un eſt intitulé, Recette véritable,
» par laquelle tous les hommes de la
» France pourront apprendre à multi-
» plier leurs tréſors. Item, ceux qui n'ont
» jamais eu connoiſſance des Lettres,
» pourront apprendre une Philoſophie
» néceſſaire à tous les habitans de la
» terre. Plus, y eſt contenu le deſſein

» d'un

mais Bernard Palici n'avoit devant
les yeux qu'une bêche & qu'un
hoyau,

» d'un jardin autant délectable & d'utile
» invention qu'il en fut oncques vû avec
» le deſſein & ordonnance d'une ville de
» fortereſſe la plus imprenable qu'hom-
» me ait jamais oüi dire ; la Rochelle,
» Barth-Berton 1563. *in*-4°. & l'autre,
» Diſcours admirable des eaux & fon-
» tâines, tant naturelles qu'artificiel-
» les, des métaux, des ſels & ſalines ;
» des pierres, des terres, du feu & des
» émaux. Plus, un traité de la Marne,
» fort utile pour ceux qui ſe mélent de
» l'agriculture. Le tout dreſſé par Dia-
» logues, eſquels ſont introduits, la
» théorique & la pratique deviſant en-
» ſemble, Paris Martin, le jeune, 1580.
» *in*-8°.

Il paroît par la note de Monſieur le
Clerc,

boyau, & de pareils objets ne tirent pas d'un génie ce qu'il peut avoir de plus beau. Au reste, notre

---

Clerc, que j'ai tort ; l'histoire de ma méprise seroit trop longue, & peut-être ennuyeuse pour le Public : ainsi il ne la saura pas. Quant à mon opinion sur l'ancienneté du Dialogue, je la garde. Il eût sans doute été mieux pour moi, que Bernard Palissi n'eût pas sû lire : mais enfin, s'il l'a sû, il n'a sû guere davantage, & il avoue lui-même qu'il n'étoit point du tout lettré. Au reste, je me passerai fort bien de son autorité. Ce surquoi je me fonde, appuie suffisamment ma conjecture, & l'on peut s'instruire de mes motifs de croire ; je les ai exposés dans une note au commencement de mon Discours sur le Dialogue, pag. 1.

tre Payfan, qui a fait des Dialogues fans favoir lire, femble croire
que cette maniere d'écrire eft la
plus naturelle, & par conféquent
la plus ancienne. Cependant il eft
de la prudence de ne pas conclurre
de ce fait, plus qu'on n'en doit conclurre. Je n'ai plus rien à dire à mon
Lecteur qui puiffe l'intéreffer, &
je vais finir. Je prierai feulement
les gens qui m'ont accufé d'avoir
trop décrié les vertus morales, de
faire grace à mes expreffions qui
m'ont mal fervi ; & de ne point
juger de moi par des idées que
je ferai le premier à condamner,
dès qu'elles pourront porter du
préjudice aux mœurs. Un Auteur
qui abandonne les qualités de fon
efprit,

esprit, mérite bien, ce me semble, qu'on ait bonne opinion de celles de son cœur.

Fin du Tome Premier.

PREMIER VOLUME.

Fautes à corriger.

PAge 1. ligne 5 que la vanité ou l'oisiveté engagerent, lisez engagea.

Page 144 ligne 15. lisez vûes.

Page 289. ligne 11. vous le prenez, lisez vous les prenez.

Page 299. ligne premiere je ne la suis point, lisez je ne le suis point.

SECOND VOLUME.

Page 86. ligne 6. le passions, lisez les passions.

Page 187. ligne 10. à force de miner son amour, ajoûtez réussira.

Page 336. ligne 18. nous fimes bon, lisez nous vinmes bon.

TROISIEME VOLUME.

Page 165. ligne 11. quelquois, lisez quelquefois.

Page 116. ligne premiere, au lieu de tous les efforts, lisez mes efforts.

Page 106. ligne 10. qu'il mérita, lisez qu'il ne mérita.

Page 117. ligne 4. de la note, au lieu de obstinator, lisez obstinatior.

Page 113. ligne 3. de la note est si, lisez & si.

Page 230. ligne derniere de la note, qui l'honore, lisez qui l'honora.

Page 149. ligne derniere. La mesure des graces, lisez la mesure de graces.

QUATRIEME VOLUME.

Page 339. ligne 8. de la note, *qu'elle flate*, lisez *qu'elle les flate*.

CINQUIEME VOLUME.

Page 14. ligne 5. *qui, craignant, lisez croyant*.
Page 103. vers 2. *feroit, lisez feroient*.
Page 53. ligne 2. *Malh be, lisez, Malherbe*.
Page 66. vers penultieme, *sous ces pas, lisez sa pas*.

www.ingramcontent.com/pod-product-compliance
Lightning Source LLC
Chambersburg PA
CBHW050308030726
47505CB00003B/616